Gustav Wustmann

Apelles Leben und Werke

Gustav Wustmann

Apelles Leben und Werke

ISBN/EAN: 9783743618862

Hergestellt in Europa, USA, Kanada, Australien, Japan

Cover: Foto ©Raphael Reischuk / pixelio.de

Gustav Wustmann

Apelles Leben und Werke

APELLES'

LEBEN UND WERKE

VON

GUSTAV WUSTMANN

LEHRER AN DER NICOLAISCHULE IN LEIPZIG

LEIPZIG

VERLAG VON WILHELM ENGELMANN

1870

INHALT.

I.

Kolophon, eine ansehnliche Stadt des ionischen Bundes in
Lydien, siebzig Stadien von Ephesos nahe am Meere gelegen —
die Geburtsstätte des Mimnernos, des Stifters der erotischen Elegie,
des Xenophanes, des Begründers der eleatischen Einheitslehre, des
Antimachos, eines der letzten Ausläufer der epischen Dichtung der
Griechen, und des Malers Dionysios, eines Zeitgenossen des Polygnot — war auch die Vaterstadt des Apelles [1]). Die Geburtszeit
des Künstlers genau anzugeben ist unmöglich; sie lässt sich nur
annähernd bestimmen. Ist es richtig, dass seine besten und reifsten
Künstlerjahre ungefähr mit Alexanders des Grossen Feldzügen in
Indien (Ol. 113 = 328 — 325) zusammenfielen [2]), dann muss der
Künstler jedenfalls ein Jahrzehnd oder n o c h etwas früher geboren
sein, als der Heldenkönig, dessen Laufbahn er zum Theil zu verherrlichen bestimmt war.

Ueber die erste Jugend des Apelles ist nichts überliefert. Talent
und Neigung zur bildenden Kunst war vielleicht von seinem Vater
Pytheas auf ihn vererbt. Denn da auch sein jüngerer Bruder
Ktesilochos später Maler wurde, so ist es nicht undenkbar, dass
der Vater selbst das Malerhandwerk trieb und beide Knaben anfänglich selbst darin unterrichtete [3]). Frühzeitig aber mochte wohl
die ausserordentliche künstlerische Begabung des Apelles zum Durch-
bruch kommen, und es wurde klar, dass in der Heimat kein Boden
für eine gedeihliche Entwicklung derselben war. Ein Schiff oder
ein Ross zu lenken, das allenfalls konnte man in einer Stadt lernen,
die in ihrer guten Zeit sich immer durch tüchtige Seemacht und eine
vorzügliche Reiterei hervorgethan hatte [4]). Aber niemals haben die
bildenden Künste in Kolophon eine Stätte gefunden, und weder zu

tieferer Unterweisung noch zu reicherer Anschauung war hier Gelegenheit geboten. Und so ward Apelles vielleicht in früher Jugend schon nach dem nahe gelegenen Ephesos in die Lehre gebracht. Mit Fug und Recht konnte ein alter Epigrammendichter Ephesos preisen als eine Stadt »gar mächtig mit dem Speer und durch die Musen«[5]. Freilich hatte die Stadt schon glänzendere Tage gesehen, Tage, da sich die Musen heimischer in ihren Mauern gefühlt zu haben scheinen, als da den Knaben Apelles zum ersten Male ein Schiff von Kolophon nach Ephesos trug. Ist doch gerade die Malerei der Hellenen mit einem ihrer Höhepunkte an Ephesos geknüpft. Denn hierher flüchtete sie, hier fand sie ein Asyl, als die unglückseligen Wirren des peloponnesischen Krieges sie von Athen verscheuchten, der Stätte, wo sie bis dahin die edelste und begeistertste Pflege gefunden hatte; hier war es, wo Zeuxis und Parrhasios, die Koryphäen der ionischen Malerei, einander begegneten. Parrhasios war in Ephesos geboren; sein Vater Euenor war hier sein Lehrer gewesen[6]. Er war in seiner Vaterstadt und auch im Auslande, das er Anregungen sammelnd und ausstreuend durchwandert hatte, schon ein gefeierter Künstler, als Zeuxis, der aus dem unteritalischen Heraklea stammte, ebenfalls nach einem langen und glänzenden Wanderleben endlich seinen dauernden Wohnsitz in der Nähe seines würdigsten Nebenbuhlers aufschlug[7]. Diese schöne erste Blüthezeit der ephesischen Malerei war nur von kurzer Dauer; sie ging mit dem Tode der beiden Künstler zu Ende, darüber hinaus lassen sich nirgends die Spuren ihrer Wirksamkeit verfolgen. Die volle, freie, bei Zeuxis und Parrhasios zuerst entfesselte Individualität, welche die eigenthümlichste Seite ihrer Kunst bildete, war der Gründung einer Schule eben so wenig förderlich, wie ihr vornehmes, schon etwas virtuosenhaftes Umherschweifen von einer Stätte der Bildung zur andern, welches lebhaft an das weltmännische Treiben der gleichzeitigen Sophisten erinnert, mit denen sie ja auch vielfältig in Verkehr standen[8]. Die zahlreichen »Maler«, welche Agesilaos, der grosse spartanische König, auf seinem Feldzuge in Kleinasien gegen den persischen Satrapen Tissaphernes in Ephesos antraf und beschäftigen konnte, als er im Jahre 394 die ganze Stadt zu einem Theile in ein grosses Zeughaus, zum andern in einen grossen Exercierplatz umwandelte, werden wohl kaum bei Zeuxis und

Parrhasios ihre Studien gemacht haben [9]. Nirgends in der That
wird ein Künstler erwähnt, der ein Schüler eines dieser beiden gewesen wäre. Nur der Name eines einzigen ephesischen Malers, der
seiner Zeit nach allerdings recht wohl mit Zeuxis und Parrhasios in
Zusammenhang gestanden haben kann, ist noch erhalten, und auch
er verdankt dies wohl lediglich einem ganz besonderen Glücks-
umstande. Denn so wie mancher tüchtige Meister in Vergessenheit
gerathen sein mag, weil es ihm nicht beschieden war, ein paar hervorragende Köpfe unter seine Schüler zu zählen, so ist wohl auch
mancher unbedeutende Name nur dadurch gerettet worden, dass
zufällig ein ausserordentliches Talent seinen Unterricht suchte. Und
so ist denn alles, was man über Ephoros von Ephesos weiss, das
eine, dass der Knabe aus Kolophon sein Schüler wurde [10].

Was Apelles der Unterweisung dieses Mannes verdankte, auch
darüber ist keine Kunde zu uns gedrungen. War Ephoros wirklich
einst mit Zeuxis und Parrhasios in Berührung gekommen, hatte er
ihren Unterricht genossen oder auch nur in loserem Verkehr mit
ihnen das und jenes gewonnen? War vielleicht ein Funke in ihm
von dem feinen Erlauschen und Wiedergeben individueller seelischer
Stimmungen, von dem sanften Reiz der Conturen, der einen Parrhasios, oder eine Ader von dem glücklichen Erfassen und Darstellen
typischer Charaktere, von dem täuschenden Zauber des Colorits, der
einen Zeuxis auszeichnete? Und besass er dann die Fähigkeit, auch
nur einen Hauch dieses Geistes demjenigen mitzutheilen, der ihm
gewiss das volle jugendliche Feuer seiner raschen, leichtlebigen,
echt ionischen Natur entgegenbrachte? Es fehlt jeder Anhaltepunkt,
um sich nur annähernd ein Bild von dieser frühesten künstlerischen
Entwicklung des Apelles zu machen, und nur einen kümmerlichen
Ersatz dafür kann der Versuch gewähren, spärliche Trümmer zu-
sammenzuordnen aus der reichen Kunstwelt, in welche er damals aus
seinem kunstarmen Kolophon übersiedelte.

Ephesos war schon zu dieser Zeit angefüllt mit Schätzen der
bildenden Kunst, deren Anschauung einem empfänglichen Gemüthe
wenigstens einigermaassen ersetzen konnte, was der Unterricht etwa
vermissen liess. Es waren Werke darunter, die von Meistern ersten
Ranges entweder bei vorübergehendem Aufenthalte in Ephesos selbst
oder auch in der Ferne für die Stadt gearbeitet worden waren.

Wie gern möchte man sich den Jüngling durch die Strassen von Ephesos gehen denken, hier vor Myrons eherner Kolossalstatue des Apollon [11]) Halt machen und sich versenken in die alterthümlich strengen, aber lebensvollen Züge dieses Bildes, dann hinauswandern nach den Capellen des heiligen Cypressenhaines Ortygia, wo unter andern auch Marmorbilder von Skopas' Hand: Ortygia mit den zarten Kindern Apollon und Artemis auf den Armen, daneben Leto, die Mutter der beiden, aufgestellt waren [12]). Wie gern möchte man glauben, dass damals, als Apelles zuerst den Fuss nach Ephesos setzte, jenes prächtige Bauwerk, das die Alten unter den sieben Wundern der Welt an erster Stelle zu nennen pflegten, noch unversehrt in aller seiner Herrlichkeit stand: das Heiligthum der ephesischen Artemis, welches Herostratos' fanatische Hand in der Geburtsnacht Alexanders des Grossen in Brand steckte. Wenn der Jüngling da die hohen, ionischen Säulen durchschritt, wenn er von Cella zu Cella, von Nische zu Nische ging, welche Fülle von Kunstschätzen umgab ihn da, wie konnte er da geniessen zugleich und lernen. Freilich sind alle dort aufgespeicherten Kunstwerke mit zu Grunde gegangen, als der Tempel in Asche gelegt wurde; nur von den in Silber getriebenen Vasen und Schalen Mentors, des gepriesensten, geistvollsten und geschicktesten aller antiken Ciseleure, ist noch die Kunde erhalten, dass sie sich im Tempel befanden [13]). Aber auch in dem weiten Tempelbezirke waren ja Statuen genug im Freien aufgestellt, und in einer besonderen, von dem Heiligthum abgetrennten Galerie waren die Gemälde vereinigt, welche das Hauptgebäude selbst nicht zu fassen vermochte. Und alles dies wurde bei dem Brande glücklicherweise verschont, so dass wenigstens über einzelne dieser Kunstwerke eine Nachricht zu uns gelangen konnte [14]). Da standen in der Nähe des Tempels unter anderen jene vier berühmten Amazonen, welche dereinst Phidias, Polyklet, Kresilas und Phradmon im Wettstreit mit einander geschaffen haben sollten [15]), und weiter die Erzgruppe des Lysander und seiner Mitfeldherren, welche die Ephesier nach der Schlacht bei Aegospotamoi im Jahre 405, und die Statuen des Konon und Timotheos, die sie nach dem Seesiege bei Knidos im Jahre 394 errichtet hatten [16]). In jener Gemäldehalle aber war von des Samiers Kalliphon Hand der Kampf der Troer und Hellenen um das griechische Schiffslager gemalt, im strengen, hohen Stile der archaischen Kunst [17]), dort stand auch ein Bild des Zeuxis: Menelaos unter Thränen am Grabe seines Bruders Agamemnon Todtenspenden bringend [18]), dort ein Gemälde des Parrhasios, den Oberpriester der ephesischen Artemis in heiliger Opferhandlung darstellend [19]), dort bewunderte der Fremdling endlich eine Probe von des Timanthes ergreifender Gewalt der Darstellung in einem Bilde, welches die hinterlistige Ermordung des Palamedes zeigte [20]). Wie gern möchte man sich der Einbildung hingeben, dass der Jüngling das alles mit eignen Augen gesehen, dass er daran seinen Blick geübt, seinen Geschmack gebildet, seine Einbildungskraft entzündet habe.

Apelles scheint eine ziemliche Reihe von Jahren in Ephesos zugebracht zu haben; aber er erreichte auch, was nicht leicht ein zweiter an seiner Stelle erreicht haben würde. Denn sei es, dass die eigne Begabung des Jünglings sich Bahn gebrochen, sei es, dass die Eindrücke ihn mächtig gefördert hatten, welche die Vereinigung einer Menge edler und erhabener Kunstwerke auf ihn ausüben musste, sei es endlich, dass man dem ephesischen Meister in der That einen tieferen Einfluss auf den Bildungsgang seines Schülers einräumen müsse, als es bei dem gänzlichen Mangel an Nachrichten über sein Leben und Wirken nachweisbar ist, das eine steht fest und ist ausdrücklich bezeugt: als Apelles nach Jahren den heimatlichen Boden Kleinasiens verliess, um sich nach der Peloponnes zu wenden und die damals gefeiertste unter allen griechischen Maler-schulen aufzusuchen, that er dies schon nicht so sehr, um seine Studien dort fortzusetzen, als um an dem Ruhme dieser Schule Theil zu haben [21]). Sein Name hatte bereits einen guten Klang, als er zum ersten Male Sikyon betrat, und die Jünglinge, die an der sikyonischen Schule unter Pamphilos' strenger Leitung herangebildet wurden, nahmen wohl keinen ganz fremden in ihrer Mitte auf, als Apelles sich zu ihnen gesellte.

II.

Sikyon, »eine Lust im Frieden, im Kriege eine Wehr«, wie die
Alten es rühmten [1]), war, soweit die Tradition der Hellenen zurück-
reichte, immer eine echte, treue Pflegstätte nicht der Malerei allein,
sondern der bildenden Künste überhaupt gewesen und blieb es auch
bis spät in die hellenistische Zeit hinein [2]). Schon die Kunstsagen
knüpften mehrfach an Sikyon an. Ein zweiter Name der Stadt,
Telchinia, sollte darauf hindeuten, dass sie bereits in früher Zeit ein
Sitz künstlicher Metallbearbeitung gewesen sei, denn die Telchinen
galten ja für uralte Erzarbeiter [3]). Daneben gab es eine naive Ueberlieferung, nach welcher die Malerei dadurch erfunden worden war,
dass jemand auf den Gedanken kam, einen menschlichen Schatten
mit einer Linie zu umziehen; die einen aber wollten wissen, dies
sei zu Korinth, die andern, es sei zu Sikyon geschehen [4]). Kraton
von Sikyon sollte zuerst den Schatten eines Mannes und einer Frau
auf einer weissen Tafel umrissen und den Umriss mit Farbe ausgefüllt haben [5]), und unter andern, zum Theil wohl historischen,
zum Theil aber auch entschieden mythischen Malernamen befindet
sich auch der eines Telephanes von Sikyon, der als einer der ersten
genannt wird, die sich nicht mehr mit der blossen Silhouette be-
gnügt, sondern zur Bezeichnung der einzelnen Körpertheile, der
Musculatur und der Verzierungen der Gewänder weitere Linien in
den Umriss hineingezeichnet hätten [6]). Das erste Reliefportrait aus
Thon wurde ebenfalls einem Sikyonier, Butades, zugeschrieben.
Ein anmuthiges Märchen erzählte, dass die Tochter dieses Mannes
die Silhouette ihres Geliebten am Abende zuvor, ehe er auf die
Wanderschaft gegangen, beim Lampenlichte an die Wand ge-
zeichnet, der Vater dann den Umriss mit Thon ausgefüllt und

die so entstandene Figur unter seinen Gefässen mit gebrannt habe[7].

Als am Anfange des 6. Jahrhunderts die beiden kretischen Marmorbildner Dipoinos und Skyllis nach Sikyon einwanderten, fanden sie bereits sehr alte Werkstätten einheimischer Marmorbildhauer dort vor und zogen, vielleicht gerade durch die Eifersucht sikyonischer Künstler fortgetrieben, in kurzer Zeit weiter[8]. Die beiden ersten bedeutenderen Künstler Sikyons, über welche es genauere Kunde giebt, waren das Brüderpaar Kanachos und Aristokles, die um die Zeit der Perserkriege in ihrer Vaterstadt als Bildhauer eine vielseitige Thätigkeit entfalteten, und von denen der letzte eine Schule gründete, deren äusserste Ausläufer sich bis gegen das Jahr 380 hin verfolgen lassen[9]. Mittlerweile tauchten aber in dem benachbarten Argos neue und folgenreiche Bestrebungen auf, die Sikyon während der nächsten Jahrzehnde in Schatten stellten, später aber gerade dort ihre Fortführung und Weiterbildung finden sollten. Polyklet von Argos war um 420 der erste bildende Künstler, welcher ganz im Gegensatze zu den hochidealen Götter- und Heroendarstellungen der attischen Kunst die Schönheit der menschlichen Gestalt als solche, auch abgesehen von jedem idealen Gehalte, zum Gegenstande künstlerischer Darstellung erhob: er wurde der Meister in der Bildung makelloser, jugendlich männlicher Schönheit. Gleichsam zu verkörpern suchte er sein Ideal in jener berühmten Statue, welche die Künstler den Kanon nannten, und von der sie lange Zeit die Regeln der Kunst wie aus einem unumstösslichen Gesetzbuche entnahmen. Ihm allein unter allen Sterblichen gelang es, wie es in einem Epigramme auf jenes Bildwerk hiess, »die Kunst selbst in einem Kunstwerke zur Darstellung zu bringen«[10]. Als Erläuterung dazu und zugleich zur Anleitung für Lernende verfasste Polyklet ein eignes Büchlein, welchem er ebenfalls den Titel Kanon gab, und worin er die normalen Proportionen des menschlichen Körpers auf das feinste und genaueste auseinandersetzte[11]. Seine berühmtesten Werke waren nichts andres, als Variationen auf diesen Kanon, nackte Jünglingsgestalten, welche sich nur durch eine schlichte Attitude von einander unterschieden; der einfachste Vorwurf des alltäglichen Lebens, wie man ihn bald auf dem Ringplatze, bald auf dem Wachtposten an der Stadtmauer beobachten konnte, erschien ihm der künstlerischen Darstellung werth, wenn er ihm nur Gelegenheit bot, in einer leicht und anmuthig bewegten Gestalt seine Meisterschaft in der Bildung eines schönen menschlichen Körpers an den Tag zu legen. Sein Doryphoros trug einen Speer auf der Schulter, sein Diadumenos schlang sich die Siegerbinde um die Stirn, sein Apoxyomenos reinigte sich mit dem Schabeisen vom Staube der Palästra; das war das ganze Süjet[12]. Eine grosse Schaar von Schülern, darunter zahlreiche Sikyonier, die jetzt nach Argos kamen, schlossen sich an Polyklet an und bewahrten die Richtung des Meisters im wesentlichen treu. Ihre Hauptthätigkeit, welche etwa die nächsten vier oder fünf Jahrzehnde ausfüllte, bildete die Herstellung von Athletenstatuen. Aber es waren und blieben eben Schüler; keiner von allen zeichnete sich besonders aus, keiner ragte so über die übrigen hervor, dass er, was ja denkbar wäre, nach irgend einer Seite hin der Schule eine neue, eigenthümliche Richtung gegeben hätte[13].

Da traten um die Zeit der thebischen Hegemonie zwei Künstler auf, der eine ein Bildhauer, der andre ein Maler, welche sich beide eng, aber selbständig den Lehren der polykletischen Schule anschlossen, so dass der eine sie für die Sculptur weiter fortbildete, der andre sie für die Malerei zuerst fruchtbar machte, die beide in Sikyon geboren in ihrer Vaterstadt der Kunstübung einen neuen Aufschwung verliehen, beide dort Schulen gründeten. Der Bildhauer war Lysippos, der Maler Eupompos[14]. Lysippos nannte selbst den Doryphoros Polyklets seinen Lehrmeister, ging aber nun darüber hinaus, indem er andre Proportionen als die von Polyklet angewandten aufstellte und die alte vollkommne Ebenmässigkeit, die seinen durch die zarten und weichen Göttergestalten der jüngern attischen Kunst verwöhnten Zeitgenossen wohl etwas breit und derb vorkommen mochte, durch schlankere, schmächtigere Gestalten verdrängte[15]. Zu den Schülern, die ihm folgten, gehörten allein vier Glieder seiner eigenen Familie, drei Söhne von ihm und sein Bruder, jener Lysistratos, der, ein antiker Verrocchio, den ersten Gipsabguss von einer Statue nahm und den ersten Gipsabdruck eines menschlichen Gesichts nach dem Leben machte[16]. Der berühmteste aber unter Lysippos' Schülern war Chares, der Schöpfer jenes weltbekannten Kunstwerkes, über dessen Gestalt man sich seit dem Ende des 17. Jahrhunderts bis in die neueste herein so abenteuerliche Vorstellungen gemacht hat: des Kolosses von Rhodos [17].

Aber keine Erscheinung in dem langen und reichen Künstleben Sikyons ist so interessant, wie die mit der lysippischen Bildhauerschule parallellaufende sikyonische Malerschule [18]. Von Eupompos freilich ist fast weiter nichts bekannt, als dass er eben ihr Stifter wurde; wodurch? darüber fehlen alle Nachrichten. Eine um so anziehendere Gestalt ist sein Schüler Pamphilos. Ein gelehrter Künstler, der mit der Feder so gut umzugehen wusste, wie mit dem Pinsel, voll reicher wissenschaftlicher Bildung, namentlich in der Mathematik bewandert, ohne deren genaue Kenntniss er jede bedeutende Leistung in der bildenden Kunst für unmöglich hielt, hatte er gewiss vor allem das Verdienst, die kanonischen Lehren Polyklets für die Malerei verwerthet und ihren von denen der Plastik so sehr verschiedenen Grundprincipien angepasst zu haben [19]. Er mag auch nicht unfruchtbar gewesen sein; aber seine Werke wurden nie recht populär. Da ihre Beurtheilung und Würdigung offenbar ein bestimmtes Maass positiven künstlerischen Wissens voraussetzte, so waren sie nur für den Kenner. Dennoch war Pamphilos mehr Theoretiker als Praktiker; seine bedeutendste und erfolgreichste Thätigkeit entfaltete er nicht als ausübender Künstler, sondern als Lehrer. Alles aber, was sein Unterricht bot, wurde von der grossen Zahl seiner Schüler in den mannichfachsten Bestrebungen und Leistungen verwerthet, angewandt, weiter gebildet, die aber doch alle den gemeinsamen Stempel trugen — so wie ein Wort sich durch verwandte Sprachen hin verfolgen und überall mit Sicherheit wiedererkennen lässt, selbst wenn seine Form sich etwas verändert, seine Bedeutung sich etwas verschoben hat. Während es wahrscheinlich ist, dass Pamphilos selbst unter Anregung der polykletischen Schule seine mathematischen Studien zunächst ebenfalls auf proportionale Schönheit des menschlichen Körpers gelenkt haben wird, während uns dieselbe Richtung wieder in der gerühmten Symmetrie seines Schülers Asklepiodoros begegnet, so zeichneten sich die Gemälde eines zweiten seiner Schüler, des tüchtigsten von allen, Melanthios, durch geschickte Gestaltengruppirung aus [20], ein dritter, Pausias, einer der berühmtesten Enkausten des Alterthums, ging, da er die Farbe,

das Colorit, besonders bevorzugte, was in der Regel nur auf Kosten
einer correcten Zeichnung geschieht, scheinbar einen etwas abwei-
chenden Weg; aber seine akademischen Studien führten ihn zu den
Verkürzungen, in denen er erstaunliches leistete; er versuchte es sogar zum ersten Male ein Kuppelgewölbe mit malerischem Schmucke
zu versehen, indem er es in kleine Felder zerlegte und so sich
wenigstens in bescheidenen Gränzen an die Darstellung auf einer
nicht ganz ebenen Fläche wagte [21]. Aristolaos, der Sohn und
Schüler des Pausias, schloss sich eng an den Vater an, während
ein zweiter seiner Schüler, Nikophanes, sich wieder mehr der
älteren Weise des Pamphilos und Asklepiodoros zugeneigt zu haben
scheint [22].

Dieses ganze Kunstleben in Argos und Sikyon hat eine merkwürdige Aehnlichkeit mit dem Künstlertreiben in den Malerzünften
des deutschen Mittelalters [23]. Man ist bisweilen fast in Versuchung,
auch in Argos und Sikyon nicht von Schule und Atelier, sondern
von Zunft und Werkstatt, nicht von Schüler und Lehrer, sondern
von Gesell und Meister zu reden. Diese Aehnlichkeit lässt sich
aber leicht erklären. Die deutschen Malerzünfte haben bestanden,
so lange das Malen eben noch keine Kunst im höchsten Sinne war,
sondern noch tief im Handwerk stak, so lange es, ganz wie bei
Pamphilos, vornehmlich die technischen und formalen Seiten der
Kunst waren, die zum Malen erfordert wurden. Wahre Kunst und
Talent lassen sich nicht auf Schüler vererben, sondern lediglich das
Handwerk, die technische Fertigkeit. Wenn an dem grossen Weihgeschenke, welches die Lakedämonier nach ihrem Siege über die
Athener bei Aegospotamoi im Jahre 405 nach Delphi stifteten, eine
ganze Reihe polykletischer »Gesellen« wahrscheinlich nach Angaben
ihres Meisters arbeiteten [24], wenn später, als der Tyrann von Sikyon,
Aristratos, sich ein Gemälde bestellte, worauf er sich als der sieg-
reiche verherrlicht zu sehen wünschte, Melanthios alle seine Schüler
bei der Ausführung dieses Bildes beschäftigte und das ganze nur
überwachte [25], so ist das dieselbe werkstattmässige Arbeitstheilung,
die uns in den Bildern der deutschen Malerzünfte entgegentritt, deren
Monogramme auch oft genug nur den Meister Maler nennen, die
guten, fleissigen Mitarbeiter aber, die dahinterstehen, zur Anonymität
und Ruhmlosigkeit verurtheilen. Auch die grossen Künstlersippen

in der deutschen Malerei, in denen der Sohn immer wieder den Beruf des Vaters ergreift und genau so, wie in den Handwerkerzünften und manchen zünftig gewordenen Aemtern des Mittelalters, die Arbeit seiner Vorfahren fortsetzt, finden ihre Parallele in argivischen und sikyonischen Künstlerfamilien. Da stehen in Polyklets Schule neben einander Patrokles und Daedalos, Vater und Sohn[26], das Brüderpaar Naukydes und Polyklet der Jüngere[27]: in der lysippischen Schule der Meister selbst mit seinem Bruder und drei Söhnen[28], ausserdem sein Schüler Tisikrates mit seinem Sohne Arkesilaos, einem Maler, der also zur Zunft des Pamphilos überleitet[29], unter dessen Schülern uns wiederum Vater und Sohn in Pausias und Aristolaos entgegentreten. Nicht wenige dieser Künstler haben eine gelehrte Ader. Pamphilos, Melanthios, Asklepiodoros, sie alle verfassten Schriften über die Malerei[30]. Seit Polyklet zu seiner Musterstatue eine litterarische Beigabe geliefert hatte, gehörte es wohl zu den untrüglichen Kennzeichen eines wahren Zunftgenossen, etwas geschrieben zu haben. An etwas zopfigen und pedantischen Seiten mochte es den ehrsamen Sikyoniern auch nicht fehlen. Erzählte man sich doch sogar später von Pamphilos, dass er keinen Schüler aufgenommen, der sich nicht zu einem zwölfjährigen Unterrichte verdungen und zur Zahlung eines Lehrgeldes im Betrage von einem Talent (1570 Thlr.) verpflichtet habe[31]. Das wäre freilich eine wahrhaft grauenerregende Gründlichkeit gewesen. Trotzdem war aber gerade unter Pamphilos und später unter Melanthios, der nach seines Meisters Tode die Führung zum Theil übernommen zu haben scheint, der Ruf der Schule ausserordentlich gross; von allen Seiten strömten ihr die Schüler zu, entfalteten die reichste Thätigkeit, und in kurzer Zeit waren Tempel, Hallen und Privatgebäude der Sikyonier mit Gemälden erfüllt[32]. Man begreift in der That kaum, wie mitten in diesem lebhaften künstlerischen Treiben, zu einer Zeit, da Pamphilos und Melanthios in Sikyon wirkten, Aristratos, der sikyonische Tyrann, als er dem verstorbenen Dithyrambendichter Telestes ein Denkmal hatte setzen lassen, die Malereien daran keinem der einheimischen Künstler übertragen, sondern sich wegen der Ausführung nach Theben an Nikomachos, den antiken Fa Presto, wenden konnte[33].

Eins ist es aber noch, was der sikyonischen Malerschule einen

besondern Werth verlieh: sie erfüllte dem hellenischen Volke gegenüber eine Art pädagogischer Mission und hatte keinen geringen
Einfluss auf die ästhetische Erziehung des Volkes. Gewiss war der
hellenische Mensch mehr als der jedes andern Culturvolkes künstlerisch angelegt. Wer das griechische Volk noch so genau nach
allen Seiten hin kennte und wüsste nichts von seiner bildenden
Kunst, dem wäre die Hälfte seines Wesens verschlossen. Aber
von der Phantasie zur Production, vom Gefühl, von einem, wenn
auch feinen und instinctiv richtigen, so doch immer nur tastenden
Gefühl zu klarem, gegründetem Beurtheilen und sicherem Können
ist ein weiter Weg, und dazu musste das hellenische Volk so gut
wie jedes andre erzogen werden. Doch nicht der Bildhauerkunst,
sondern der Malerei, die weit anspruchsloser und bequemer in ihren
Darstellungsmitteln ist, als jene, ihr musste die Aufgabe zufallen,
künstlerisches Verständniss und künstlerisches Geschick bis zu einem
gewissen Grade zum Gemeingute zu machen. Die Fähigkeit plastisch zu bilden, Werke der Sculptur richtig aufzufassen und völlig
zu würdigen wird immer bei einer verhältnissmässig kleinen Anzahl
zu finden sein. Aber weder Polygnot, der erhabene Idealist, noch
Zeuxis und Parrhasios, die feinen Charakter- und Situationsmaler,
konnten diese Aufgabe lösen. Sie waren, wie der wahrhaft geniale
Künstler es mehr oder weniger immer ist, Autodidakten, keine
Schule hatte sie gebildet, und sie bildeten keine Schule. Gerade
die wesentlichsten Seiten ihrer Kunst waren weder zu lernen, noch
zu lehren. Hier trat die sikyonische Schule ein und füllte die Lücke.
Indem sie die technischen und formalen, also die eigentlich lehr-
baren Seiten der Kunst hervorkehrte und pflegte, ermöglichte sie
es, dass ihre Bestrebungen weit über den engen Kreis der Zunftgenossen hinaus auf den Boden der Volkserziehung verpflanzt werden konnten. In Platons Zeit noch waren Lesen und Schreiben,
Turnen und Kitharspiel, Liedersingen und Auswendiglernen von
Gedichten, also das, was man unter den drei Namen Grammatik,
Gymnastik und Musik zusammenfasste, das einzige, was auch der
vornehmste griechische Knabe lernen sollte[34]). Zu Aristoteles' Zeit
sollte jeder, der Anspruch auf feinere Bildung haben wollte, auch
zeichnen können und ein richtiges Urtheil über Kunstwerke besitzen[35]). Das war Pamphilos' Verdienst; er hatte es dahin gebracht,

dass anfangs in Sikyon, bald aber in ganz Griechenland das Zeichnen unter den Unterrichtsgegenständen, die eines freien Hellenen für würdig galten, Aufnahme fand [36].

Es giebt in der ganzen griechischen Kunstgeschichte wohl keine Erscheinung weiter, die so tiefen Einfluss gehabt, wenige, die einen so lange dauernden Ruhm genossen hätten, wie die sikyonische Malerzunft. Während mit den Schülern des Lysippos die Blüthe der Bildhauerei in Sikyon für immer ihr Ende fand, lässt sich die Akademie des Eupompos noch durch mehrere Generationen hindurch verfolgen; nach Jahrzehnden noch zehrte sie an dem Ruhme, der einst zu Pamphilos' Zeit einen Apelles an ihre Schwelle lockte. Zwanzig Jahre nach Alexanders des Grossen Tode fiel Sikyon in die Hände des Demetrios Poliorketes und wurde von der Ebne auf die Akropolis umgesiedelt. Damals erbaute Lamia, die Geliebte des neuen Gewaltherrschers, den Sikyoniern eine Gemäldegalerie, die sogenannte Stoa poikile, wahrscheinlich nach dem Muster der gleichnamigen athenischen; dort wurden jedenfalls die werthvollsten Werke, die im Besitze der Stadt waren, untergebracht [37]. Als in der Mitte des 3. Jahrhunderts Aratos, das Haupt des achäischen Bundes, Sikyon von seiner Tyrannis erlöste, da feierte auch die Kunst im Gefolge der politischen Erhebung und unter dem Schutze des kunstsinnigen Befreiers noch eine kurze Auferstehung. Freilich liebte er die Freiheit noch mehr als die Kunst; was von öffentlich aufgestellten Gemälden irgendwie zur Verherrlichung der gestürzten Tyrannis beitragen und das Andenken an sie wach erhalten konnte, wurde vernichtet oder beseitigt [38]. Aber als eine Nachblüthe jener alten sikyonischen Malerei muss doch der kleine Künstlerkreis betrachtet werden, der damals in Sikyon mit Aratos verkehrte, und in dessen Mitte Nealkes mit seiner ebenfalls als Künstlerin thätigen Tochter Anaxandra stand [39].

Inzwischen waren Alexandria in Aegypten unter der glanzvollen Herrschaft der Ptolemäer, Pergamos in Kleinasien unter den Attaliden, Antiochia in Syrien und andre Städte zu Mittelpunkten hellenischer Cultur geworden, und es ist interessant zu sehen, wie selbst der Hof der Lagiden bei seinen Kunsteinkäufen in Griechenland sein Augenmerk gerade auf Sikyon richtete, und Attalos I., der kunstsinnige Fürst von Pergamos, der seinem Kunstenthusiasmus ungeheure Summen zum Opfer brachte, der Stadt seine Gunst zuwandte. Schon unter den Kunstwerken, mit welchen Ptolemaeos II. Philadelphos, 280 — 273, sein luxuriöses Königszelt ausstattete, werden Gemälde sikyonischer Maler genannt [40], und von Ptolemaeos III. Euergetes, 273—221, ist es geradezu überliefert, dass Aratos, sein Gastfreund, von ihm den Auftrag erhielt, Bilder in Griechenland für ihn einzukaufen und namentlich nicht zu sparen, wenn ihm etwa ein Pamphilos oder Melanthios unter die Hände kommen sollte [41]. Unter den Gemälden, die König Attalos zu enormen Preisen erwarb, werden zwar keine sikyonischen ausdrücklich genannt; dass er aber den kunstthätigen Sikyoniern gewogen war und eine gewisse Pietät gegen ihre grosse Vergangenheit hatte, beweisen seine wiederholten Versuche, ihrer inzwischen durch Kriegsdrangsale schwer darniedergebeugten Stadt durch Geld- und Getreidelieferungen wieder aufzuhelfen; die Sikyonier errichteten ihm aus Dankbarkeit dafür in ihrer Stadt zwei Statuen [42]. Aber trotz Aratos' frommem Vandalismus und trotz des lebhaften Kunsthandels, der in einer Zeit erschlaffender Production und sinkenden Wohlstandes von Sikyon aus getrieben wurde und den Kunstreichthum der Stadt beträchtlich verminderte, muss Polemon, der Perieget, als er im Anfange des 2. Jahrhunderts auf seinen Wanderungen durch die Hauptstädte Griechenlands auch nach Sikyon kam, noch eine ansehnliche Menge von Gemälden dort vorgefunden haben, wenn er sogar zwei Schriften, die eine »über die Gemäldegalerie zu Sikyon«, die andre »über die sikyonischen Gemälde« verfassen konnte [43]. Ungefähr 130 Jahre später wanderte alles, was damals etwa von Werken sikyonischer Maler noch im Besitze der Stadt selbst war, nach Rom. Sikyon war ganz verarmt und verschuldet, es konnte die von Sulla auferlegte Kriegssteuer nicht zahlen, und einer der reichsten und verschwenderischsten Römer, Marcus Scaurus, der Stiefsohn Sullas, der schon von seinem Vater unermessliche Schätze geerbt, sich aber ausserdem als Quästor des Pompejus im mithradatischen Kriege bedeutend bereichert hatte, benutzte im Jahre 59 auf seiner Rückreise nach Rom die bedrängte Lage der Sikyonier und kaufte ihnen einen grossen Theil ihrer Kunstschätze ab, um sein Theater in Rom damit zu schmücken [44]. Bald suchte ein Erdbeben die Stadt heim, ver-

wandelte sie beinahe in eine Einöde und zertrümmerte die letzten
Reste ihrer Kunstwerke [45], und als endlich Pausanias unter der
Herrschaft des Antoninus Pius Griechenland bereiste, um sich an
den noch geretteten Kunstdenkmälern vergangener Jahrhunderte
zu erbauen, fand er in Sikyon kaum ein einziges Werk mehr, welches ihn die glänzenden Tage des ehemaligen Kunstlebens hätte
ahnen lassen können; keine Marmorstatue, kein Erzbild, keine
Malerei meldete mehr von den Künstlerschulen, die einst an dieser
Stätte geblüht.

III.

Zu allen Zeiten haben es die hellenischen Künstler für der Mühe werth gehalten, eine Stadt wie Sikyon, die sich eines so alten und dabei immer lebendigen Kunstbetriebes rühmen durfte, auf ihren Wandrungen zu besuchen. Auch wer nicht gerade kam, um zu lernen, lernte doch: gewiss ging keiner hinweg, der nicht aus der Bekanntschaft mit den Traditionen und aus der Anschauung der Werke der sikyonischen Künstler die mannichfaltigste Anregung empfangen hätte. So wanderten schon im 6. Jahrhundert Dipoinos und Skyllis aus Kreta zu, so arbeitete um das Jahr 390 Skopas in Sikyon seinen Herakles für das dortige Gymnasion [1]), so hielt sich zu Eupompos' Zeit, wie es scheint, Timanthes vorübergehend in Sikyon auf [2]), so muss, wenn damals, als Pamphilos an der Spitze stand, der Tyrann der Stadt eine Arbeit bei Nikomachos bestellen konnte, auch der thebische Künstler, vielleicht durch frühere Besuche, in Sikyon bekannt gewesen sein, und in ähnlicher Weise werden wohl unaufhörlich Künstler aus allen Landschaften Griechenlands und von jeglicher Kunstrichtung mit dem sikyonischen Kunstbetriebe in Berührung gekommen sein, die ihn bald in höherem, bald in minder hohem Flor antrafen.

Aber in den vollen Strom dieses Kunstlebens tauchte Apelles ein. Auch er kam allem Auscheine nach nicht eigentlich um zu lernen. In der Zeit, als Pamphilos, dieser einflussreichste aller griechischen Künstler, die sikyonische Malerschule leitete, gereichte es ohne Zweifel einem Künstler zur Empfehlung, in Sikyon gewesen zu sein, au dem Treiben dieser Stätte eine Zeit lang Theil genommen zu haben. Man fragte damals, wie so oft im Leben, nicht: Wer ist der Mann, der Künstler? Was leistet er? sondern: Wess

Schüler ist der Mann? Wo hat er seine Studien gemacht? Und auf derjenigen Stufe des Ruhmes, die Apelles bis dahin erreicht hatte, war es jedenfalls noch ehrenvoller für ihn, Schüler des Pamphilos, als bloss Apelles zu heissen. So kam er in der That nach Sikyon, nicht weil er dort viel neues zu lernen hoffte, sondern um auch seinerseits auf seiner spätern Laufbahn sich seines sikyonischen Aufenthalts rühmen, Sikyon, die beste Empfehlung für einen Künstler, auf seinen Schild schreiben zu können.

Seiner ganzen Anlage nach konnte Apelles keine grosse Neigung zu den Studien haben, die in Sikyon gerade die vorwiegenden waren, ja sie mussten der Eigenart seines Talentes eigentlich zuwider sein. Apelles war eine durch und durch ionische Natur, geistig auf's engste verwandt mit den drei grossen Malern, welche die ionische oder kleinasiatische Gruppe bilden, Zeuxis, Parrhasios, Timanthes. Durch die ganze ionische Kunst aber geht, wie durch das ionische Wesen überhaupt, ein idealistischer Grundzug. Mag man die ganz objective und so zu sagen typische Geistesgrösse der Göttergestalten eines Phidias in's Auge fassen, jene höchste und fast unausdenkbare Vereinigung von Erhabenheit, Einfalt und Stille, welche das Wesen der Athena Parthenos und des olympischen Zeus ausmachten, oder die feine und scharfe, namentlich in einzelnen Göttergruppen hervortretende Charakteristik subjectivster seelischer Stimmungen in der skopasischen und praxitelischen Kunst, mag man aufblicken zu dem von Aristoteles gepriesenen Ethos in den grossen heroischen Compositionen Polygnots, jenen Heroencharakteren, in ihrer Totalität erfasst, so fest und eigenthümlich, wie die Sage sie ausgeprägt hatte, oder mögen uns dieselben Gestalten in den individuellen Situationen und Affecten entgegentreten, in welchen sie die Bilder der Kleinasiaten zeigen — immer ist es doch eben diese ideale Seite der Kunst, die hier in den Vordergrund tritt. Die Phantasie, die Intuition ist hier das eigentliche schöpferische Element; die Form dagegen, so vollendet und anmuthig sie immer sein mag, bleibt doch untergeordnet, sie ist nur die Trägerin der geistigen Idee, die technischen Seiten treten zurück, und in der Malerei noch mehr zurück als in der Plastik. Es ist eben natürlich und nothwendig, dass demselben hellenischen Volksstamme, aus dessen Mitte die unverwelkliche Herrlichkeit des homerischen Epos,

die geistvolle Tiefe heraklitischer Philosopheme, die edle Freiheit
der athenischen Staatsverfassung, die reine Schönheit des sopho-
kleischen Dramas hervorgegungen sind, dem Stamme, der unter
allen die reichste geistige Begabung, die lebhafteste und schwung-
vollste Phantasie besass, auch die idealen Aufgaben der bildenden
Kunst zufielen. Ganz anders in der dorischen Kunst. Ihre ganze
Richtung ist durchaus realistisch, hier schafft nicht die Phantasie, sondern die Reflexion, die Verstandesthätigkeit. Dasselbe
formale und so zu sagen mathematische Element, das durch alle
Productionen des dorischen Stammes sich hindurchzieht, sich in
der straffen Ordnung des dorischen Staates und seiner Gesetze wie
in der Zahlenphilosophie des Pythagoras, in den reichverschlungnen
Rhythmen der chorischen Lyrik wie in der pantomimischen Komödie
Siciliens widerspiegelt, dies findet sich auch in der bildenden Kunst
wieder. Die strenge innere Wahrheit in der Gliederung des
dorischen Tempels, die Proportionslehren der polykletischen und
lysippischen Schule und ihre wesentlich realistischen, aus dem täg-
lichen Leben gegriffenen Vorwürfe, die anatomischen und perspec-
tivischen Studien der Sikyonier, die schwunghaft betriebene Porträtbildnerei dieser Kreise sammt ihrer unkünstlerischen Verirrung in
den crassen Realismus des Lysistratos, die ersten Beispiele von allegorischer Darstellung, dies alles geht im Grunde auf eine gemeinsame
Quelle zurück, eben jenen verstandesmässigen, realistischen Zug, der
alles dorische Wesen durchdringt. Konnte es schroffere Gegensätze
von künstlerischer Anlage geben, als Pamphilos und Apelles?

Trotz aller Zugeständnisse, welche Apelles in späteren Jahren
andern bedeutenden Malern seiner Zeit machte, und bei aller Bewunderung, die er selbst mit liebenswerther Freimüthigkeit einzelnen Seiten ihrer Kunst zollte, betonte er es doch immer und immer ·
wieder, und gewiss mit gerechtem Stolze, dass er sie doch alle durch
seine Charis übertreffe; mit dieser Seite seiner Schöpfungen könne
sich keiner messen, mit ihr »rühre er an die Sterne« [3]. Den ganzen,
tiefen Zauber, der in diesem einen Worte ruht, ist es leichter zu
empfinden als auszusprechen, auch für den, der sich eingelebt hat
in hellenisches Wesen; weder die Gratia der Römer, noch die
deutsche Anmuth wollen den Begriff recht erschöpfen. Von jener
glücklichen Begabung, deren gesammte künstlerische Production

sich nicht wie eine ernste Arbeit, sondern wie ein heitres Spiel
offenbart, der es gelingt, an ihren Werken den Eindruck des müh-
selig gemachten aufzuheben und sie dafür mit dem Scheine des
mühelos gewordenen zu umkleiden, dass man sie als unmittelbare
Ausflüsse der Gottheit als des Urquells aller Schönheit preisen
möchte, von diesem wahrhaftigen künstlerischen Gottesgnaden-
thum, welches sich ausserhalb der hellenischen Welt nur noch
in Gestalten wie Raphael und Mozart darstellt, muss auch ein
lichter Strahl auf die Schöpfungen des Apelles gefallen sein. Das
ist aber eben das ionische Wesen selbst, ist es in seiner reinsten Ver-
klärung. Aber noch mehr: der Seele des Künstlers blieb dieser
Reichthum nicht verborgen; jedenfalls schon damals, als Apelles
Ephesos verliess, regte sich in ihm heller und heller das Bewusstsein von der neidenswerthen Gabe, womit die Götter ihn beschenkt
hatten, und festigte sich jene Eigenthümlichkeit, die mit allen
Aeusserungen dorischen Wesens sich so wenig berühren konnte,
wie die gleichnamigen Pole zweier Magneten.

Und dennoch kam Apelles nach Sikyon? dennoch wurde er und
blieb er des Pamphilos Schüler? In der That, man dürfte diesen
Schritt in der Entwicklung des Künstlers räthselhaft nennen, wenn
er nicht schon als ein damals unumgängliches Zugeständniss an
den grossen Ruf der sikyonischen Schule einige Erklärung fände.
Dazu kommt jedoch ein andres Moment. Wahrscheinlich kannte
Apelles die Thätigkeit der sikyonischen Schule nur oberflächlich;
er hatte keine rechte Vorstellung von dem, was eigentlich dort getrieben wurde. Hätte er eine Kunde von der Schule gehabt, genau
genug, um sich allenfalls einen Begriff von ihren Bestrebungen
machen, und doch auch wieder nicht genau genug, um diese Bestrebungen voll und unbefangen würdigen zu können, wäre ihm
vielleicht mitgetheilt worden, dass man dort die Zeit mit ängstlichem
Rechnen und Messen tödte, anstatt seine Ideen frisch und keck, wie
sie der Phantasie entsprungen, auf die Tafel zu bringen, dass man
sich um eine peinliche Correctheit der Zeichnung abmühe, anstatt
das Auge an dem bunten Reiz der Farbe zu ergötzen, dass man ab-
stracte Begriffe in frostiger Weise allegorisire und mit räthselhaften
Symbolen belaste, anstatt sich aufzuschwingen zu den alten, ewig-
jungen, schönen Göttern und den herrlichen Gestalten der Helden-

2 *

sage — wer weiss, ob Apelles dann auch nur einen Fuss nach Sikyon gesetzt haben würde. Ein um so schöneres Licht wirft es auf den Künstler, dass er, einmal anwesend, nicht in eitler Verblendung sich mit einem flüchtigen Aufenthalte begnügte, dass er vielmehr offnen Sinnes und hellen Blickes erkannte, wie unendlich viel hier bei aller Einseitigkeit der Richtung für ihn zu lernen sei, was alles hier auf wissenschaftlicher Grundlage in einzelnen Seiten der Malerei geleistet werde, die er wahrscheinlich nie einer so hohen Ausbildung für fähig gehalten hätte, kurz, dass er es nicht verschmähte, noch einmal Schüler unter Schülern zu sein. Und so geschah denn das Wunderbare: Apelles wurde mit Leib und Seele ein Sikyonier. Denn eben jenen einen Zug ausgenommen, der tief in der Natur des Künstlers begründet war, lassen sich alle Vorzüge und alle Schwächen seiner Malerei deutlich auf die Einflüsse der sikyonischen Schule zurückführen.

Es ist sehr wahrscheinlich, dass Apelles unter der strengen Zucht des Pamphilos noch einmal mit den elementarsten Dingen begann. Ist es doch auch bei weniger pedantischen Meistern, als Pamphilos gewesen zu sein scheint, nicht selten, dass selbst ein fortgeschrittenerer Schüler, der seinen bisherigen Unterricht verlassen hat, noch »so wenig gelernt hat, dass er so gut wie von vorn anfangen muss«. Und so erwarb sich Apelles gewiss zum grossen Theile in Sikyon erst, in langer und mühseliger Uebung, jene Beobachtungsgabe, jene Gewandheit und Sicherheit in der sinnlichen und geistigen Auffassung, vermöge deren er selbst einmal gesehenes nach einiger Zeit noch der Wirklichkeit getreu aus dem Gedächtnisse darstellte [4]), und jene allezeit fertige Hand, die, auch in späteren Jahren noch Tag für Tag getreu von ihm gepflegt, gewandt und fliessend in der Freiheit, fein und fest in der Beschränkung, ihn nie im Stiche liess, auf die er sich stets verlassen konnte [5]). Die vollkommne Herrschaft über diese rein äusserlichen Mittel ist nicht die einzige, aber die erste Vorbedingung jeder bedeutenden künstlerischen Thätigkeit, und diese zu erfüllen, das wurde mehr als irgendwo anders in Sikyon erstrebt und erreicht.

Noch zur Zeit des Kaisers Vespasian zeigte man in Rom in dem nach der Tochter des Triumvirn Antonius und Gemahlin des Drusus benannten Tempel der Antonia ein Gemälde, welches für eine

Arbeit des Apelles galt, freilich nicht von allen Kennern für echt gehalten wurde. Das Bild stellte einen Herakles dar, der dem Beschauer merkwürdigerweise den Rücken zukehrte; der Kopf aber war etwas nach der Seite gewandt und die dadurch ein wenig hervortretende Gesichtslinie mit solcher Meisterschaft behandelt, dass man eigentlich kaum von einem abgewandten Gesicht sprechen konnte: unwillkürlich bildete man sich ein, die Züge hinter dem Contur fortsetzen zu können und das ganze Gesicht zu sehen. War dieses Bild wirklich von Apelles' Hand, so wird man vielleicht am wenigsten irre gehen, wenn man es für eine Studie aus der Zeit seines sikyonischen Aufenthaltes hält⁶. Herakles war aus künstlerischen und religiösen Gründen gerade bei den sikyonischen Künstlern eine beliebte und oft wiederholte Gestalt. War es doch Herakles der Ephebe, das Muster eines Palästriten in voller Jugendkraft, der, wenn irgend einer im Heroenkreise, für die Verkörperung des polykletischen Kanon in der Sage gelten konnte; in Sikyon aber genoss er wie auch anderwärts als Vorsteher und Beschützer des Gymnasions noch besondre Verehrung. Unter den Werken des Lysippos werden allein vier Statuen des Herakles genannt; eine davon wenigstens war von dem Künstler für Sikyon selbst gearbeitet worden. So wie er auf dem Bilde des Apelles dargestellt war, kam alles auf die Zeichnung an, deren virtuose Behandlung allein schon den Eindruck der Fläche völlig vernichtete und in höchstem Maasse den der Körperlichkeit und Rundung hervorrief.

In nicht ganz so hohem Maasse scheint das Interesse für die Behandlung der Farbe in Sikyon gepflegt worden zu sein. Es ist eine auf den ersten Blick befremdliche, im Grunde aber naturgemässe Erscheinung, dass Zeichnung und Colorit selten auf gleicher Höhe der Vollendung neben einander bestehen. Die feinen Zeichner neigen oft zu einem etwas dürftigen, schattenhaften Colorit, den grössten Meistern in der Farbe hat man eine Vernachlässigung der Form zu allen Zeiten nachgesehen. Der schöne Contur als solcher kann rein und klar eben nur dann zur Geltung kommen, wenn das coloristische Element durchaus discret gehalten bleibt; umgekehrt wird demjenigen Künstler, der von dem berückenden Reiz munterer, brillanter Farben ausgeht, der Sinn für reine Formenschönheit bald abhanden kommen, er wird unwillkürlich zu einer

gewissen Weiche und Vieldeutigkeit der Linien, zu einer gewissen
Breite der Formen geführt werden. Schon innerhalb der engen
Grenzen, in denen sich die Technik des Polygnot bewegt, lässt sich
dieser Gegensatz wahrnehmen; ihm standen ja für eigentlich malerische Wirkung nur die bescheidensten Mittel zu Gebote, er bediente sich nur einer sehr kleinen Anzahl von Farben, die er weder
zu mischen noch abzuschatten verstand, sondern in einfachen Grund-
tönen auftrug[7]; aber trotzdem, oder eben vielleicht gerade desshalb
erreichte er in der Zeichnung eine grosse Feinheit, seine Gemälde
waren eigentlich nichts als vortreffliche colorirte Zeichnungen[8].
Ebenso »trug Parrhasios nach dem einstimmigen Urtheile aller
Künstler in den Umrissen die Palme davon«[9]; die Maler nannten
ihn in diesem Punkte geradezu den »Gesetzgeber« und folgten ihm,
wie die Bildhauer dem Kanon des Polyklet[10]. Dennoch sah der
Thesens, den er gemalt hatte, so blass und ätherisch, so wenig
frisch und blühend aus, »als ob er sich mit Rosen, aber nicht
mit Fleisch genährt hätte«[11]. Dagegen neigte Zeuxis, der Co-
lorist par excellence, zu jener breiten Manier, in welcher selbst
zarte Weiblichkeit einen etwas amazonenhaften Charakter annahm,
und die je nach der Verschiedenheit der Auffassung und des
Geschmackes ihm bald nachgerühmt, bald zum Vorwurfe gemacht
wurde[12]. So stehen auch in der modernen Malerei Correggio und
die Venetianer, die Meister des Colorits, den Florentinern und
Raphael gegenüber, und vergebens bemüht sich Tintoretto, die
Zeichnung Michel Angelos mit der Farbengluth Tizians zu verbinden. Auch die Sikyonier konnten keine specifischen Maler sein.
In fortwährendem, lebendigem Verkehr mit der Sculptur, deren
Formenreinheit trotz reichlicher Bemalung nie durch coloristische
Reize getrübt werden konnte, legten auch sie nur wenig Gewicht
auf die Farbe. Von den arithmetischen und geometrischen Studien
des Pamphilos hatte das Colorit keinen Gewinn, Melanthios ver-
langte vor allen Dingen scharfe resolute Umrisse[13], und Nikophanes
war hart und monoton in der Farbe, dagegen überaus fein und anmuthig in der Zeichnung[14]. Nicht malen, sondern zeichnen sollten
nach dem Wunsche des Pamphilos die griechischen Knaben lernen
und sich dadurch ein richtiges Urtheil über echte Formenschönheit
erwerben. Dennoch wurde auch die Pflege des Colorits in Sikyon

nichtganz vernachlässigt. Man malte damals auf grundirten oder nicht-grundirten Holztafeln a tempera oder in enkaustischer Manier. In der Temperamalerei bediente man sich je nach der natürlichen Beschaffenheit der Farbe der verschiedensten Bindemittel, am häufigsten des Eies, des Gummis und des Leimes; die Farben wurden natürlich mit dem Pinsel aufgetragen. Die Enkaustik dagegen arbeitete mit Wachsfarben; diese wurden aber nicht etwa flüssig und mit dem Pinsel, sondern in mehr zähem, teigartigem Zustande mittelst des Kestron oder Spatels auf die Tafel gebracht und die dabei entstehenden unvermeidlichen Unebenheiten dann durch Annäherung des metallnen Glühstäbchens oder Rhabdion geglättet. Dieses Verfahren war das ungleich schwierigere, nahm ausserordentlich viel Zeit in Anspruch und ist daher immer auf Gemälde von geringerem Umfange beschränkt geblieben [15]. Die Zeit der Wandgemälde war längst vorüber. Seit dem pelopennesischen Kriege wurden bei dem gesunkenen Wohlstande der Städte selten noch grosse, öffentliche, monumentale Aufgaben gestellt, wie sie früher Polygnot und der Kreis athenischer Künstler, der ihn umgab, gelöst hatte. Pausias malte zwar bisweilen a fresco [16] und unternahm es sogar, die Wandmalereien Polygnots in Thespiae zu restauriren, erntete aber wenig Ruhm dabei, denn er versuchte sich damit in einer Gattung, worin zu seiner Zeit alle Uebung abhanden gekommen war [17]. Statt dessen war ja nun gerade Pausias in der Enkaustik einer der grössten Meister des ganzen Alterthums; Pamphilos, der ihn selbst darin unterrichtet hatte, wurde weit von ihm übertroffen [18]. In ihrer Wirkung näherte sich diese Technik jedenfalls der modernen Oelmalerei und sie begünstigte, trotz der Schwierigkeit der Ausführung, das Coloristische jedenfalls in ganz anderer Weise als die Temperamalerei. Und in der That scheint die Glanzseite des Pausias nicht in hoher Formschönheit bestanden zu haben. Nicht, als ob er sich den Anregungen des Phamphilos hätte entziehen können, aber er verwerthete sie nach anderen Richtungen hin. Dagegen behandelte er das Colorit, sogar vereinzelt in der Freskomalerei, mit Meisterschaft. In seinem berühmten Stieropfer malte er einen schwarzen Stier und leistete für die damalige Zeit erstaunliches in der Wiedergabe der Glanzlichter auf dem dunklen Felle des Thieres [19]. Einen ähnlichen coloristischen

Effect brachte er am Plafond eines kleinen Kuppelbaues in Epidauros an. Hier malte er auf einem der Felder, in welche das Deckengewölbe eingetheilt war, Methe, die Göttin der Trunkenheit, wie sie eine gläserne Schale an den Mund gesetzt hat, und ganz so wie auf dem bekannten Terburgschen Bilde der Berliner Galerie konnte man das Gesicht des Weibes durch das Glas hindurchschimmern sehen[20]. Ein drittes, hochgefeiertes Gemälde von seiner Hand, von welchem später L. Lucullus eine Copie mit zwei Talenten (3140 Thlr.) bezahlte, war das Porträt seiner Geliebten Glykera, eines armen Mädchens in Sikyon, die sich durch Kränzewinden in der Stadt ihren Unterhalt verschaffte, und die er in dieser ihrer Beschäftigung darstellte[21] — beiläufig ein Bild, welches so recht mitten herausgegriffen war aus dem Volksleben einer Stadt, die von blumenreichen Berghängen eingeschlossen und deren schöne Kränze unter dem Namen Iakchen auch anderwärts berühmt waren[22]. In diesem Gemälde, das gewiss eben so sehr Blumenstück wie Porträt war, kam alles darauf an, den ganzen Reiz heiterer, lebendiger Farben zu entfalten und sie in anmuthig phantastischer Weise mit einander zu verbinden. So fehlte es dem Apelles in der sikyonischen Schule bei aller Bevorzugung der Form doch gewiss nicht an Gelegenheit, auch die Behandlung der Farbe in den Bereich seiner Studien zu ziehen, und er that auch dies in der fruchtbarsten, erfolgreichsten Weise. In der Enkaustik wird er wohl einzelne Versuche gemacht haben[23], doch konnte diese langwierige und doch mit mancherlei lästigen Beschränkungen verknüpfte Technik seinem Schaffenstriebe unmöglich auf die Dauer zusagen; für gewöhnlich malte er nur Temperabilder. Wenn es aber irgend einem Maler des Alterthums gelang, in dieser Gattung Zeichnung und Colorit in gleich hohem Grade der Vollendung mit einander zu verbinden, so war es Apelles; in seiner Meisterhand vereinigten sich wenigstens annähernd die reinen Conturen des Pamphilos mit der Farbenpracht des Pausias[24]. Charakteristisch bleibt aber für den echten Sikyonier eine gewisse Vorliebe für ernstere, gedämpftere Farbentöne, die doch am Ende auf ein leises Uebergewicht der Form über die Farbe hindeuten. Proben davon begegnen uns in zweien der später von Apelles gemalten Porträts, einem Bilde Alexanders und einem andern, welches die schöne Maitresse des Königs, Pankaspe, darstellte.

Alexander, der seinem wunderbar günstig organisirten Körper,
wenn es galt, die härtesten Strapazen zumuthen konnte, ihm dann
aber auch lange Zeit hindurch wieder die weichlichste Pflege widmete,
soll am ganzen Leibe von sehr zartem, weissem Teint gewesen sein,
der sich nur im Antlitz und auf der Brust kräftig röthete. Trotzdem
wagte es Apelles, ihm durchweg eine dunklere, gebräunte Fleischfarbe zu geben [25]. Nun beruhte es allerdings auf einer künstlerischen
Convention, die sich schon in sehr früher Zeit nachweisen lässt, die
beiden Geschlechter stets schon durch die Hautfarbe deutlich zu
unterscheiden. In den Vasenbildern ältesten Stiles ist dieser Zweck
in sehr naiver Weise dadurch erreicht, dass die Männer schwarz,
die Frauen weiss gemalt sind. Die Kunsthistoriker der Alten scheinen selbst diese höchst primitive Art, die Geschlechtertrennung in
der Kunst durchzuführen, als einen bemerkenswerthen Fortschritt
in der Geschichte der ältesten Malerei empfunden zu haben; wenigstens führten sie ihn als eine besondre Entwicklungsstufe auf und
nannten sogar einen Maler Eumaros, zu deutsch Guthand, dem sie
diese glückliche Erfindung zuschrieben [26]. Die Wand- und Tafelmalerei näherte natürlich von jeher diese Extreme und setzte
sie auf Unterschiede herab, wie sie im wirklichen Leben wohl
in der Regel vorhanden sein mochten und wie sie auch noch
in den pompejanischen Wandgemälden gewissenhaft beobachtet
sind; dort erscheinen männliche Wesen immer mit dunklerer, weibliche mit lichterer Fleischfarbe. Dass aber Apelles auch abgesehen
von dieser conventionellen Unterscheidung überhaupt dunkleren
Farbentönen den Vorzug gab, beweist jenes andere, weibliche
Porträt. Als er von Alexander den Auftrag erhielt, Pankaspe zu
malen und zwar vom Scheitel bis zur Sohle sie nackt darzustellen,
raubte der Künstler auch ihr das zarte Weiss ihres Teints und gab
ihr dafür eine kräftige, mehr dunkle Fleischfarbe [27].
    Feine Zeichnung und reiches Colorit war aber doch am Ende
nicht das bedeutendste, was ein Künstler in Sikyon sich aneignen
konnte; die eigentlichen Glanzseiten der sikyonischen Technik be-
ruhten keineswegs in diesen mehr elementaren Dingen, sondern in
den weit complicirteren Studien über proportionale Schönheit, optische Effecte, perspectivische Illusion, und zwar in der Sculptur
sowohl, wie in der Malerei. Bei den zahlreichen Athletenstatuen,

die die grosse Masse der Werke ausmachen, welche aus der polykletischen Schule hervorgingen, darf man nicht an ein porträtirendes
Copiren der Wirklichkeit denken; hier werden natürlich die Bestrebungen des Meisters, aus den mit Mängeln und Zufälligkeiten
behafteten Erscheinungen der Wirklichkeit eine makellose, voll-
kommene, ideale Bildung abzuziehen, die gesammte Thätigkeit der
Schule beherrscht haben und maassgebend dafür gewesen seien. In
der sikyonischen Schule des Lysippos veränderte sich nur der Geschmack etwas, nicht die Richtung selbst. Bei aller virtuosen Viel-
seitigkeit des Lysippos ist es doch nicht zu verkennen, dass seine
Hauptstärke in den Darstellungen beruht, die dem heroischen oder dem
rein menschlichen Kreise angehören, bei denen es also wiederum
nicht auf ideale Tiefe, sondern auf Entfaltung vollendeter mensch-
licher Schönheit ankam. Es ändert nichts an der Sache, dass die
Anschauungen darüber, worin das Ideal körperlicher Vollkommenheit besteht, zu Lysippos' Zeiten sich geändert hatten, und dass die
kräftigen, untersetzten Gestalten Polyklets jetzt geschmeidigeren
und elastischeren Platz machen mussten. Die figurenreichen statua-
rischen Gruppen, die in den argivischen Werkstätten gearbeitet
wurden, erforderten ferner, sie mochten angeordnet und aufgestellt
sein wie sie wollten, unter allen Umständen eine feine Beobachtung
symmetrischer Gesetze, und ebenso gewiss ist es, dass Lysippos gewisse Regeln der Perspective wohl kannte und befolgte, wenn seine
Kolosse trotz der so sehr verschiedenen Entfernung ihrer einzelnen
Theile vom Beschauer dennoch durchaus correct und harmonisch
erschienen [24]. Allen diesen Bestrebungen begegnet man nun auch
in der sikyonischen Malerei wieder. Es ist ein Zufall, aber gewiss
ein bezeichnender, dass das einzige Bild des Eupompos, von welchem eine Kunde zu uns gelangt ist, einen Athleten darstellte, den
er als Sieger im gymnischen Wettkampfe mit der Palme in der Hand
gemalt hatte [29]. Das ist nichts anderes, als immer wieder eine
Variation auf den Kanon Polyklets. Auch Odysseus auf dem Boote,
ein Gemälde des Pamphilos, musste, wenn der Held aufgefasst war,
wie er einsam an den Kiel seines Schiffes geklammert mit allem Aufwand seiner Kräfte gegen Wind und Wogen kämpft, Gelegenheit
zur Darstellung eines schönen, athletisch ausgewirkten männlichen
Körpers geben [30]. Am meisten aber zeichnete sich Asklepiodoros

durch sorgfältige Beobachtung normaler Proportionen aus; er war es, der dem Apelles während seines sikyonischen Aufenthaltes mehr als jeder andre nach dieser Richtung als Vorbild vor Augen stand[31]. Beweise für perspectivische Studien in der sikyonischen Malerei sind nicht allein die grossen, figurenreichen Kampfscenen des Pamphilos[32], die unmöglich noch wie die Wandmalereien Polygnots oder wie die gesammte Vasenmalerei ohne durchgeführte Perspective gewesen sein können, vor allem aber die ersten schüchternen Versuche des Pausias in der Malerei auf gewölbten Flächen[33], Versuche, die sich freilich nicht im entferntesten mit dem vergleichen lassen, was die Italiener in dieser Beziehung gewagt und geleistet haben. Die Darstellungen, mit denen Pausias die kleinen Felder gewölbter Decken füllte, sind unbedeutende Anfänge gegen die grossartigen und kühnen Kuppelmalereien eines Correggio, mussten allerdings auch vor den virtuosenhaften und unschönen Ausartungen bewahrt bleiben, in welche die Nachahmer des Correggio später verfielen. Meister in der Gruppirung grosser Gemälde, sowohl was Breitenstellung als auch was Tiefenstellung der Figuren betrifft, war Melanthios; auch er schwebte dem Apelles noch in späterer Zeit mehr als Pamphilos selbst als unerreichtes Muster vor[34]. Optische Illusion zu bewirken, darin war namentlich Pausias gross. Dasselbe Stieropfer, worin er schon jenes coloristische Kunststück angebracht hatte, einen ganz schwarzen Stier zu malen, war zugleich das Beispiel einer kühnen, aber durchaus gelungenen Verkürzung. Eben dieser Stier stand in der Mitte des Bildes mit der Stirnseite dem Beschauer zugewandt, und dennoch meinte man die ganze Längenausdehnung seines Körpers deutlich wahrzunehmen[35]. Auch diese mannichfachen Bestrebungen sind sämmtlich nicht ohne Einfluss auf Apelles geblieben. Wie jeder andre Schüler Sikyons, so malte auch er seine Proportionsstudien, nackte Jünglings- oder Männergestalten, die nicht etwa Kunstwerke von selbständigem Werthe sein, keine bestimmte Figur der Sage und diese etwa in einer bestimmten Handlung oder Situation vergegenwärtigen wollten, sondern blosse Uebungsstücke waren, die zu einer sichern und bewussten Meisterschaft in der Darstellung eines idealschönen menschlichen Körpers hinführen sollten[36]. Eine Probe von perspectivischer Malerei scheint wenigstens ein grösseres, figurenreicheres Bild aus späterer

Zeit zu liefern, Artemis im Kreise ihrer ephesischen Priesterinnen, wiewohl gerade diese Seite seiner Technik entschieden eine der schwächeren war und blieb. Ein Beispiel endlich einer wohlgelungenen Verkürzung bietet die schon oben berührte Darstellung Alexanders mit dem Blitze. Hier war der rechte Arm des Königs, welcher den Blitz trug, nicht gesenkt oder gehoben, sondern gerade nach vorn dem Beschauer entgegengestreckt; dies Motiv aber war mit solchem Geschick behandelt, dass der verkürzte Arm sammt dem Blitze förmlich aus dem Bilde herauszutreten schien [37].

Ohne Ausnahme sind es Lichtseiten der sikyonischen Kunstübung, die im Bereiche der Form und der Technik begegnen, und mit Freude und Bewunderung gewahrt man, dass Apelles nicht eine einzige davon ganz unberücksichtigt liess, dass er jeder von ihnen seine Aufmerksamkeit schenkte. Man kann wohl sagen, dass die sikyonische Schule keinen grössern Schüler gehabt hat als Apelles: was von anderen einzeln gepflegt ward, das strömte bei ihm in eins zusammen, wie Lichtstrahlen in einem Brennpunkte. Dennoch ist es unverkennbar und hat auch bei seiner ganzen Anlage nichts befremdliches, dass nicht nach allen Richtungen hin derselbe Erfolg seine Bemühungen krönte. Für die freie Anmuth seines Talentes mochten wohl die strengen Regeln und die unerquicklichen Uebungen des Pamphilos bisweilen unbequeme Fesseln sein; oft mochte er lächeln und sich im Stillen glücklich preisen, wenn er sah, wie die grosse Masse seiner talentloseren Studiengenossen trotz des ängstlichsten Anschlusses an die Vorschriften des Meisters doch nicht im entferntesten die Schönheit erreichte, die er bei minder peinlicher Correctheit fast mühelos auf die Tafel zauberte, oder es mochte ihn wohl auch ein leises Grauen anwandeln, wenn er gewahrte, wie ein talentvollerer Freund in selbstquälerischer Unzufriedenheit so lange an einer Arbeit feilte und glättete, bis auch das letzte Fünkchen natürlicher Anmuth ausgetilgt war. Denn die Warnung, die er später so manchem Künstler zugerufen haben mag, dass »allzugrosse Sorgfalt auch schaden könne« [38]), und der Vorwurf, den er sogar seinem bedeutendsten Zeitgenossen unter den Malern, Protogenes, nicht ersparte, dass er es nicht verstehe, zur rechten Zeit »die Hand vom Bilde zu lassen« [39]), diese beiden Worte stammen zwar in ihrer letzten Quelle offenbar aus dem ganzen Wesen seiner künstlerischen

Begabung her; dass er sie aber so selbstbewusst und rückhaltslos
aussprach, das dankte er ebenso gewiss manchen Erfahrungen, die
sich ihm in Sikyon aufgedrängt hatten. Apelles hat aber auch nie
den Anspruch erhoben, für einen Sikyonier vom reinsten Wasser
zu gelten; er kannte selbst die Seiten am besten, in denen er das
höchste nicht erreicht hatte. Ebenso sicher und stolz, wie er sich
seiner Vorzüge rühmte, ebenso freimüthig erkannte er die seiner
Genossen an und zollte ihnen seine Bewundrung. Denn blosse Höf-
lichkeit wird es doch kaum gewesen sein, wenn er dem Melanthios
grösseres Geschick in der Gruppirung, dem Asklepiodoros grössere
Correctheit der Proportionen zugestand.

Wendet man den Blick von den äusserlichen, technischen auf
die inhaltlichen, gegenständlichen Seiten des sikyonischen Kunstbetriebes, so sind es namentlich zwei Erscheinungen in der spätern
künstlerischen Thätigkeit des Apelles, die man versucht ist, theil-
weise aus sikyonischen Einflüssen herzuleiten: die Meisterschaft in
der Porträtmalerei und die merkwürdige Verirrung zur Allegorie. Bei dem idealistischen Grundzuge, welcher, abgesehen
von dem specifischen Idealismus der attischen Kunst, die hellenische
Kunst überhaupt trotz ihres allezeit lebendigen Naturgefühls durchdrang, und bei dem innigen Zusammenhange, der zwischen Kunst
und Religion einerseits, Kunst und Poesie andrerseits bestand, kann
es nicht Wunder nehmen, dass die Welt der Götter und Heroen
lange Zeit hindurch fast ausschliesslich den Kreis bildete, aus welchem die bildende Kunst die Objecte ihrer Darstellung schöpfte.
Erst verhältnissmässig spät stieg sie vom Olymp zur Erde, aus dem
Mythos in die reale Welt, aus dunkler Vorzeit in die helle Wirklichkeit herab und verherrlichte ruhmvolle zeitgenössische Ereignisse
und hervorragende Persönlichkeiten durch Bilder und Statuen. Aber
selbst hierin gingen die attische und die dorische Kunst eine jede
ihren eignen Weg. Die Porträtstatuen von Feldherren und Gesetz-
gebern, Dichtern und Philosophen, welche die Blüthezeit der attischen Plastik hervorbrachte, waren erstens im Vergleich zu den
idealen Gegenständen nicht eben zahlreich und zweitens überwiegend idealistisch. Den Grundcharakter der dargestellten Persönlichkeit, geläutert, befreit von allem Zufälligen und Unwesentlichen ihrer natürlichen Bildung wiederzugeben, darauf war ihr

ganzes Streben gerichtet; an ihnen konnte man sehen, wie es
in einem Epigramm auf die von Kresilas gearbeitete Statue des
Perikles hiess, wie »die Kunst edle Menschen noch mehr ver-
edelt« [40]. Das köstlichste Beispiel unter den erhaltenen Werken
dieser Gattung ist die Statue des Sophokles im lateranischen Museum
in Rom. Zahllos waren dagegen die Statuen von Siegern in gymnischen und musischen Wettkämpfen, welche aus den argivischen
Werkstätten hervorgingen; und hier galt das Gesetz, dass zwar der
ein- oder zweimalige Sieger nur das Recht haben sollte, irgend eine
beliebig erfundene Athletenstatue, die nicht seine Züge trug, als
Weihebild aufzustellen, der aber, welcher drei Siege errungen, mit
voller Porträtähnlichkeit dargestellt werden durfte [41]. Hier kam es
also, mehr als in der attischen Kunst, auf treue Nachbildung der
Natur an. Die höchste Stufe erreichte die Porträtbildnerei aber erst
in der lysippischen Kunst. Dieselbe feine und individuelle Charakteristik, die sich, durch Philosophie und Rhetorik hervorgerufen,
während des peloponnesischen Krieges in der dramatischen Dichtung und Darstellung geltend machte, drang auch mit Schnelligkeit
in alle Gebiete der bildenden Kunst ein; sie begegnet uns in den
Gemälden des Zeuxis und Parrhasios nicht minder als in den Statuen-
gruppen des Skopas und Praxiteles, und sie drängte auch die Porträtbildnerei zu sprechender Aehnlichkeit in den äussern Zügen wie
im geistigen Ausdrucke. Es ist nicht zufällig, dass diese virtuose
Behandlung des Porträts, so viel auch davon auf Rechnung der
ganzen Zeit zu setzen ist, gerade aus der sikyonischen Kunst her-
vorging. Das Wesen des Porträts ist nun einmal der Realismus; die
dorische Kunst aber hatte dem Realismus von jeher gehuldigt. Von
der hässlichen Uebertreibung seines Bruders Lysistratos, mensch-
liche Gesichter in Gips abzuformen, hielt sich Lysippos selbst natürlich fern; bei ihm war die Macht des Schönen zu gross, als dass
er in eine solche Verirrung der realistischen Richtung hätte gerathen
können. War er es doch gerade, dem es gelang, in den Porträtstatuen Alexanders des Grossen gewisse scheinbar einander widersprechende Eigenthümlichkeiten in der äussern Erscheinung des
Königs so glücklich in eine höhere Harmonie zu verschmelzen, dass
sogar natürliche Fehler darin aufgehoben und zum Besten gewandt
waren [42]. Auch Apelles wurde später ein fruchtbarer Porträtmaler.

Dazu machte ihn freilich zum grossen Theile seine Stellung an Alexanders Hofe; diese aber hätte er wahrscheinlich nicht ausfüllen können, wenn er nicht bereits in Sikyon lebhafte Anregungen auch nach dieser Richtung hin empfangen hätte. Die Athletenbilder des Eupompos, die Schlachtengemälde des Pamphilos, manche Aufgabe, die der kunstliebende Tyrann der Stadt, Aristratos, zur Verherrlichung seiner Person und seiner Umgebung den Künstlern stellen mochte, mussten reiche Gelegenheit zur Porträtmalerei geben. Auch Pausias mit seinem Blumenmädchen sei nicht vergessen.

Geringfügige Spuren von der Thätigkeit des Apelles als Porträtmaler lassen sich schon in Sikyon selbst nachweisen. Aristratos, der Tyrann der Stadt, hatte in irgend welchen Wettspielen einen Wagensieg errungen und wandte sich an Melanthios mit dem Auftrage, diesen Sieg durch ein Gemälde zu verewigen. Das gewöhnliche war, dass der Sieger in ganzer Gestalt abgebildet wurde, neben ihm das Gespann, auf welchem die Siegesgöttin stand. So war Alkibiades in der links von den Propyläen auf der Burg zu Athen befindlichen Pinakothek dargestellt[43]), und so wurde auch Aristratos gemalt. Melanthios liess die Arbeit von seinen Schülern ausführen, und auch Apelles wurde dabei beschäftigt. Darf man vielleicht annehmen, dass ihm, dem talentvollsten Mitarbeiter, die Hauptaufgabe zufiel, den Kopf des Aristratos zu malen? Als Aratos nach dem Sturze der Tyrannis in seinem blinden Freiheitseifer eine Masse öffentlicher Gemälde aus der Tyrannenzeit zerstörte oder verkaufte, sollte auch das Siegerbild des Aristratos dem gleichen Schicksale verfallen. Da habe der Maler Nealkes, heisst es, sich mit Thränen im Auge bei Aratos für das Bild verwandt und ihn gebeten, wenigstens den Wagen mit der Siegesgöttin zu schonen; die Gestalt des Tyrannen wolle er vernichten. Aratos willigte endlich ein, und Nealkes übermalte die Figur des Aristratos und setzte einen Palmbaum an ihre Stelle. In diesem Zustande sah Polemon seiner Zeit das Bild noch in Sikyon und berichtete darüber in seinem Schriftchen »über die sikyonischen Gemälde«[44]). Eine zweite Arbeit des Apelles, die vielleicht noch in diese Zeit gesetzt werden muss, ist das Porträt eines gewissen Habron, welches später durch wer weiss welche Schicksale nach Samos wanderte und noch in der römischen Kaiserzeit von den Samiern aufbewahrt und gezeigt wurde[45]). Soll dieser Habron nicht eine gänzlich unbekannte Persönlichkeit sein, so liegt es nicht allzufern, an den Maler dieses Namens [46] zu denken, der möglicherweise auch seine Studien in Sikyon machte und mit Apelles bei dieser Gelegenheit näher befreundet wurde.

Während die sikyonische Porträtmalerei entschieden noch zu den erfreulichen Partieen der sikyonischen Kunstübung zählt, welche auf Apelles eingewirkt haben, so steht nur die unkünstlerische Verirrung zur A l l e g o r i e als hässliche Schattenseite dicht daneben. Es ist Thatsache, dass auf dem ganzen Gebiete hellenischer Kunst das erste unzweideutige Beispiel einer durchgeführten Allegorie unter den Werken des Lysippos begegnet: es ist jene berüchtigte Statue des Kaeros, des »günstigen Augenblicks«, welche in Sikyon stand [47]. Er war dargestellt als ein Jüngling, der mit geflügelten Füssen auf einer Kugel stand, denn der günstige Augenblick »rollt im Fluge vorüber«. Auf dem Kopfe hatte er vorn langes und reichliches Haar, hinten aber war er kurzgeschoren, weil man die Gelegenheit, sobald sie herannaht, »beim Schopfe ergreifen« soll. In der einen Hand trug er die Waage, denn »auf des Glückes goldner Waage steht die Zunge selten ein«, in der andern das Scheermesser, weil die Entscheidung oft »auf der Schneide des Messers ruht«. Wahrlich, bei aller Anmuth, mit der die Jünglingsgestalt umkleidet gewesen sein mag, dennoch im Grunde eine unkünstlerische Schöpfung. Ein zweites, freilich minder schlagendes Beispiel einer Allegorie ist unter den Gemälden des Nikophanes die Darstellung des Oknos [48]. Oknos gehörte zu den bekannten Büssertypen der Unterwelt, die sich mit einer nie endenden und doch ewig vergeblichen Arbeit abmühten, zu Sisyphos und den Danaiden; nur büsste er nicht eigne, sondern fremde Thorheit. Er war der Sage nach ein arbeitsamer Mann gewesen, hatte aber ein verschwenderisches Weib gehabt, welches alles, was er erwarb, wieder vergeudete. »Am Seile des Oknos drehen«, das war bei den Alten eine ebenso geläufige Wendung, wie wir Modernen mit antikem Bilde von einer Sisyphos- oder Penelopearbeit sprechen. Und so malte schon Polygnot in seiner grossartigen Darstellung der Unterwelt in der Lesche der Knidier zu Delphi neben den Danaiden und Sisyphos auch den Oknos. Er stellte ihn dar, wie er, dem Sprichworte gemäss, an einem Strohseile flocht; neben ihm aber stand — eine Eselin, welche das Geflochtene auffrass [49]. Der

Vergleich war nicht eben fein, war aber schon lange vor Polygnot von Simonides aus Amorgos in seiner berühmten Satire auf das weibliche Geschlecht gewagt worden; dort schildert der Dichter unter andern auch das Weib, das von der grauen, faulen Eselin abstammt und Tag und Nacht nichts anderes thun mag, als essen [50]. In späterer Zeit wurde die Fabel, wie so viele andre, gemodelt und gedeutet; die lüderliche Frau verschwand daraus, und Oknos wurde zum Typus eines Menschen, der zwar unausgesetzt arbeitet, aber zu träumerisch und schwerfällig, zu wenig regsam und umsichtig ist, um den Vortheil seiner Arbeit selbst zu geniessen, und der desshalb von andern darum betrogen wird. Und da mochte wohl »am Seile des Oknos drehen« etwa so viel bedeuten, wie unser »auf keinen grünen Zweig kommen«. So malte Nikophanes einen schläfrigen Alten, der mechanisch sein Strohseil flicht, aber nicht bemerkt, dass ihm ein Esel — keine Eselin mehr — das Geflochtene wieder abfrisst. Aus alledem geht offenbar hervor, dass der Oknos keine Allegorie im strengsten Sinne ist. Schon da der Name Oknos das Zaudern, Zögern bedeutet, in der Fabel aber Oknos gerade immer als thätiger, arbeitsamer Mann erscheint, ist an eine blosse Personification eines Begriffs, wie beim Kaeros, nicht zu denken. Ausserdem aber fehlt diesem Bilde das subjective und willkürliche, was jede eigentliche Allegorie kennzeichnet. Die reine Allegorie kann nie auf unmittelbares Verständniss beim Beschauer rechnen, sie ist ein Kunstwerk, das eines erläuternden Programmes bedarf, wie die »charakteristischen Tongemälde« und »symphonischen Dichtungen« neuerer Componisten. Die Allegorie, die im Seile des Oknos lag, war aber seit alter Zeit im Volksbewusstsein gleichsam autorisirt; sie konnte stets auf augenblickliches Verständniss rechnen, denn sie war ein Räthsel, das jedes Kind lösen konnte, sie war die Darstellung eines bekannten Märchens, der bildliche Ausdruck für ein geläufiges Sprichwort. Trotzdem ist es charakteristisch, dieser Gestalt nach Polygnot in der bildenden Kunst zum ersten Male wieder in Sikyon zu begegnen. Ein drittes Beispiel endlich würde, wenn Habron als Mitschüler des Apelles betrachtet werden dürfte, die Allegorie der Eintracht sein, welche dieser Künstler malte [51].

Unter den Werken des Apelles tritt nun allerdings eine auffallend starke a l l e g o r i s c h e T e n d e n z zu Tage. Nicht nur, dass er

im spätern Alter Dinge malte, die — und darin ist doch noch
Methode — für ganz einseitige Allegorieen gelten müssen; sondern
er vermengte auch in einigen Bildern auf das geschmackloseste Allegorie und Wirklichkeit. Niemand wird behaupten wollen, dass Apelles
hierin lediglich sikyonischen Antrieben gefolgt sei; er sah gewiss
mancherlei der Art in Sikyon, dies konnte aber doch einen von Natur
so regsamen und phantasievollen Geist wie den seinen und ein so
feines und richtiges Gefühl für das Schöne nicht so völlig gefangen
nehmen. Das Richtige ist, dass er auch hierin vor allen Dingen den
Anschauungen der Zeit seinen Tribut brachte. Seit dem peloponnesischen Kriege bereits hatte sich ein tiefer Umschwung in der
Religion der Hellenen vollzogen. Wie damals im hellenischen
Menschen das Individuelle, das Subjective entfesselt wurde, so
wurden auch jene höchsten, abstractesten und so zu sagen natur-
freiesten Gottheiten, wie Zeus und Athena, die dereinst von der
gläubigen Begeisterung der Nation weit über alle andern emporgehoben und mit dem grössten Reichthum ethischen Gehaltes erfüllt
worden waren, in den Hintergrund gedrängt, und an ihrer Stelle
machte sich auch innerhalb des griechischen Polytheismus die Individualität mit aller Macht breit. Eine Menge von Umständen vereinigten sich, um das supranaturalistische, das metaphysische aus
den Göttern mehr und mehr hinauszudrängen und sie dem rein
menschlichen näher zu rücken. Die erschütternden Unglücksschläge
des Krieges, die absichtslose, aber desshalb nicht unwirksame Ver-
menschlichung der Götter durch die Tragödie, ihre schonungslose
Verspottung in der Komödie, die Anfänge der empirischen Wissenschaft, die skeptische Richtung der Sophistik und ihre frivole Auf-
klärung, alles war dazu angethan, die fromme und naive Begeisterung
der frühern Zeit zu untergraben, die grossen Göttergestalten von
ihrer Höhe herabzudrücken und allen den niederen Gottheiten,
welche mit dem Leben der Natur, der Sinnlichkeit und mit den ge-
wöhnlichen und alltäglichen Interessen des menschlichen Lebens in
Zusammenhang stehen, höhere Bedeutung zu verleihen. Damit geht
der Verfall der Sittlichkeit Hand in Hand, den fast jede Erscheinung dieser Zeit verräth und begünstigt. So reissend schnell, wie
sich dies Alles in der Wirklichkeit zutrug, spiegelt es sich allerdings
in der bildenden Kunst nicht wider; in solchen Zeiten ist es, wo

die Kunst eine gewisse Stabilität an den Tag legt und dem religiösen
und sittlichen Verfalle einen kräftigen Damm entgegensetzt. Freilich mag dies zum Theil auf die Weise geschehen sein, dass die
Kunst, besonders in den Kreisen der Gebildeten, anfing ein Surro-
gat für die Religion abzugeben. Als nun aber auch Eros und Aphrodite, Dionysos und Demeter, Triptolemos und Chloris unter dem
unermüdlichen Meissel eines Skopas und Praxiteles Gestalt gewonnen hatten, als sogar in dem Streben zu individualisiren und zu
charakterisiren das Wesen eines Gottes wie Eros durch die bildende
Kunst in fein nüancirter Weise in die drei Seiten des Eros, Himeros
und Pothos zerlegt worden war, wie weit war dann noch der Schritt
zu der blossen verstandesmässigen Personification abstracter Begriffe, wie Tyche, das Glück, Eirene, der Frieden, Plutos, der Reichthum, Paedia, der Scherz, Peitho, die Ueberredung? Ist es ein
Wunder, dass man schliesslich auf dem Punkte anlangte, ein Ding
wie den »günstigen Augenblick« künstlerisch darstellen zu wollen?
Bei Apelles speciell fällt übrigens auch hier wieder die äussere
Lebensstellung in's Gewicht. Wenn er seine Kunst in den Dienst
eines Königs stellte, der, geblendet durch den Glanz seiner Siege,
voll zügellosen Stolzes, in der eignen Brust die Schranken zwischen
Gott und Menschheit niederriss, ist es ein Wunder, fragt man
sich wieder, dass auch des Künstlers schmeichelnde Phantasie zu
jenem widerwärtigen Synkretismus von Mythologie und Geschichte
herabsank, der in Paradestücken der Kunst einem Sterblichen die
Attribute des höchsten Gottes in die Hand gab und ihn an die Seite
der Dioskuren stellte [52]? Mannichfaches hat hier zusammengewirkt,
um solche Früchte zu zeitigen. Sollte man sich aber wohl täuschen,
wenn man auch davon schon die ersten Keime in Sikyon vermuthet?
Die Allegorie wendet sich nicht, wie jedes echte Kunstwerk, an das
Gemüth, sondern an den Verstand; sie nöthigt den Beschauer, wie
die Alten von den Gemälden des Timanthes, freilich in anderem und
besserem Sinne, rühmten, »mehr in dem Bilde zu sehen, als gemalt
ist« [53]), oder vielmehr, sie muthet es ihm zu. Aber auch das, wo-
raus sie entspringt, ist von derselben Beschaffenheit, wie das, womit
sie aufgefasst sein will: sie ist nicht das Resultat warmer Phantasie,
sondern kühler Reflexion. Der Pinsel des Malers, der sich in Allegorieen ergeht, muss, wie Winckelmann einst in seinen wunderlichen

Ergüssen über die Allegorie sagte, »im Verstand getunkt« sein. Das passt vortrefflich zu der gelehrten und berechnenden Art der argivischen und sikyonischen Kunst.

Durch neue Erfindungen auf dem Gebiete der Technik und durch Lehrthätigkeit, sei es im persönlichen Verkehr, sei es auf schriftstellerischem Wege, die Kunstübung zu fördern versäumte nicht leicht, wer zu den hervorragenderen Gliedern der sikyonischen Schule zählen wollte. Pamphilos arbeitete, was zu seiner Zeit noch eine Seltenheit war, auch in enkaustischer Manier [54]) und suchte sie gewiss auf alle nur mögliche Weise zu vervollkommnen; Pausias, den er darin unterrichtete, war der erste, der als Enkaust Epoche machte [55]). Dass ein so durch und durch wissenschaftlich gebildeter Künstler wie Pamphilos auch durch das geschriebne Wort zu wirken suchte, kann nicht befremden; aber auch Melanthios und Asklepiodoros liessen es sich nicht nehmen, über ihre Kunst zu schreiben. Auch nach diesen Seiten hin erwies sich Apelles später als echter Schüler des Pamphilos. »Er allein trug mehr zur Vervollkommnung der Technik bei, als die übrigen Maler alle zusammen«. Dies ist buchstäblich das Lob, das ihm spätere Kunstschriftsteller zollten [56]). Zwei seiner Erfindungen sind merkwürdiger Weise besonders überliefert: eine neue Tusche und eine höchst eigenthümliche Weise der Uebermalung. Die Tuschen der antiken Maler bestanden in der Regel aus Russ; das gewöhnlichste war Kienruss. Polygnot erfand das sogenannte Tryginon, ein Schwarz, das er aus Weinhefen brannte [57]). Apelles endlich bereitete eine Tusche aus gebranntem Elfenbein und nannte sie Elephantinon [58]). Seine Uebermalung muss ein wahres Wunder- und Zaubermittel gewesen sein, Firniss und Lasur zugleich. »Apelles bekleidete die fertigen Arbeiten mit einem Ueberzuge, der so fein war, dass er bei einiger Entfernung gar nicht gesehen und nur, wenn man das Bild ganz in der Nähe betrachtete, bemerkt wurde. Damit erreichte er zweierlei, erstens den äusserlichen Vortheil, dass die Farben vor Staub und Unreinigkeit geschützt waren — die Uebermalung liess sich also jedenfalls nass reinigen —; sodann aber wurden unbedeutende und todte Farben durch den Glanz des Ueberzugs gehoben, während umgekehrt allzu lebhafte und grelle Töne das Auge nicht beleidigen konnten, weil sie durch das Dunkel des Ueberzugs gemildert und gebrochen wurden. Man sah das Bild wie

durch eine feine Marienglasplatte« [59]). Etwas complicirt war das
Verfahren gewiss, denn es blieb des Künstlers Geheimniss und ging
mit seinem Tode wieder verloren; keiner seiner Zeitgenossen durfte
es ihm absehen [60]. Schriften über die Malerei verfasste Apelles mehrere [61]). Was der Inhalt solcher Bücher gewesen sein mag, lässt sich
leicht errathen. Es waren jedenfalls kurzgefasste Encyklopädieen der
Malerei. Den Kern bildeten natürlich allerlei Anweisungen technischer
und formaler Art, genaue Angaben über richtige Proportionen des
menschlichen Körpers, Vorschriften über Farbenbereitung und Far-
benmischung, Regeln über gewisse täglich vorzunehmende Uebungen
und was dergleichen mehr war, dies alles aber reichlich illustrirt
durch Nachrichten über frühere Künstler, epigrammatisch zugespitzte
Lobsprüche über einzelne ihrer Werke und endlich die unvermeid-
lichen traditionellen Atelieranekdoten. Ursprünglich waren solche
Schriften jedenfalls nicht dazu bestimmt, veröffentlicht und durch
Abschrift verbreitet zu werden, sondern sie waren wie eine Art
Unterrichtsbriefe zunächst an einen bestimmten Schüler gerichtet.
Die eine adressirte Apelles an einen gewissen Perseus [62]. Noch zu
Vespasians Zeit existirte einzelnes von seinen Schriften, und Pli-
nius benutzte es bei Abfassung seines grossen Sammelwerkes als
Quelle für die kunstgeschichtlichen Partieen [63]).

Wie schon in Ephesos die ihn umgebenden Kunstwerke nach
manchen Seiten hin anregend auf Apelles gewirkt haben mögen, so
musste dies in noch weit höherem Maasse der Fall sein in einer Stadt
wie Sikyon, deren Kunstleben damals bereits eine so reiche Vergangenheit hinter sich hatte. Auch abgesehen von dem, was während der
Anwesenheit des Apelles in den sikyonischen Bildhauer- und Maler-
werkstätten gearbeitet wurde, waren ja aus früherer Zeit und von
Künstlern andrer Richtung eine Fülle von Kunstwerken auf Markt
und Strassen und in den zahlreichen Heiligthümern der Stadt vereinigt. Leider lassen sich nur die wenigsten derselben auf bestimmte
Meister zurückführen. Im Tempel der Aphrodite sah Apelles noch
das alte, von Kanachos herrührende, sitzende Goldelfenbeinbild der
Göttin mit dem Polos, dem Sinnbilde des gewölbten Himmels, auf
dem Haupte, in der einen Hand einen Mohnstengel, in der andern
einen Apfel [64]). Eine Probe von der zarten, wenngleich noch etwas
gebundenen Anmuth des Kalamis trat ihm in dem Goldelfenbein-

bilde des Asklepios entgegen, welches mit Scepter und Pinienapfel in dem Heiligthum des hilfreichen Gottes stand [65]). Im Gymnasion nahe am Markte befand sich eine Arbeit des Skopas, eine Marmorstatue des Herakles [66]). Es ist nicht unwahrscheinlich, dass damals auch bereits auf dem Markte selbst die ehernen Statuen des Zeus und des Herakles, welche Lysippos für Sikyon gefertigt hatte [67]), aufgestellt waren, und dass auch der Kaeros seinen Platz schon gefunden hatte. Auch das Denkmal des Telestes mit den Malereien des Nikomachos, über deren Inhalt nur leider nicht das geringste überliefert ist, muss damals fertig gewesen sein [68]).

Aber Sikyons Kunstschätze waren es nicht allein, die auf den jugendlichen Künstler während seiner sikyonischen Studien anregende Wirkung übten. Dass Apelles hier jahrelang gelebt und gelernt haben sollte, ohne K o r i n t h, das schöne, reiche und kunstthätige Korinth, das nur etwa 90 Stadien von Sikyon entfernt lag, gesehen und gewiss mehr als einmal gesehen zu haben, könnte man nicht glauben, auch wenn die geschäftige Sage nicht eines der anekdotenhaften Erlebnisse des Künstlers nach dieser Stadt verlegt hätte. Seit den ältesten Zeiten behauptete Korinth als Sitz der bildenden Künste neben Sikyon seinen Platz; ja, es übertraf ohne Zweifel die nachbarliche Stadt, wenn nicht durch einzelne hervorragende Persönlichkeiten und Leistungen, so doch durch seinen enormen Reichthum an Kunstwerken und vor allem durch die Art, wie man es dort verstand, die bildende Kunst für das tägliche Leben fruchtbar zu machen und zu dessen Schmucke heranzuziehen. Auf allen ihren Gebieten wurden wichtige Erfindungen und Fortschritte den Korinthiern zugeschrieben. Mit den Sikyoniern stritten sie um den Ruhm der Erfindung der Malerei [69]) und wussten so gut wie jene mehr als einen Namen uralter einheimischer Maler anzuführen. Kleanthes sollte die Malerei »erfunden« [70]), Aridikes, der »Schöndarsteller«, denn das bedeutet sein Name, sie in ähnlicher Weise ausgebildet haben, wie Telephanes von Sikyon [71]), und von Ekphantos wussten sie sogar, dass er die erste Farbe aus zerriebenen Thonscherben bereitet habe [72]). Hyperbios von Korinth wurde als Erfinder der Töpferscheibe genannt [73], und wenn Butades, der das erste Reliefporträt aus Thon schuf, für einen Sikyonier galt, so wurde wenigstens die Legende, die sich daran knüpfte, nach Korinth verlegt [74]).

Von hier war auch einer der bedeutendsten Fortschritte in der Architektur ausgegangen: der schönste Schmuck des hellenischen Tempels, die beiden Giebelfelder, waren korinthischen Ursprungs [75]. Hochberühmt waren die Weihgeschenke, welche schon im 7. Jahrhundert die Kypseliden, die Tyrannen von Korinth, nach Olympia gestiftet hatten, der aus Gold getriebene Zeuskoloss [76] und jenes merkwürdige Kunstwerk, welches eine Fülle antiken Sagenstoffes in seinem Bilderschmucke vereinigte, die aus Cedernholz gearbeitete und mit Figuren von Elfenbein, Ebenholz und Gold ausgelegte Lade des Kypselos [77]. Namentlich aber zeichnete sich Korinth aus durch die Fabrikation von Bildwerken und künstlerisch verzierten Geräthschaften aus Thon und Metall, besonders dem trefflichen korinthischen Erz, aber auch aus Gold und Silber; nirgends gingen Kunst und Gewerbe so mit einander Hand in Hand, wie in Korinth. Zu den Kunstwerken, die Apelles hier gesehen haben muss, gehören namentlich zwei hervorragende Gemälde des Aristeides, der bedeutendsten Künstlergestalt aus dem Kreise der thebisch-attischen Malerschule. Das eine war eine Darstellung des Herakles, wie er durch das vergiftete Gewand der Deïaneira von fürchterlichem Schmerze gepeinigt wird; das andere der durch seine spätern Schicksale so merkwürdig gewordene Dionysos: [78] Attalos II. bot seiner Zeit die unerhörte Summe von hundert Talenten (157,000 Thlr.) für dieses Bild, nachdem noch kurz vorher die rohen Soldaten des Mummius es mit andern Gemälden auf dem Boden umhergeworfen und als Würfelbret benutzt hatten [79].

Von wie langer Dauer der Aufenthalt des Apelles in Sikyon war, lässt sich nicht angeben. Die Nachricht, dass Pamphilos seine Schüler genöthigt habe, zwölf Jahre lang bei ihm auszuhalten und ihm ein ganzes Talent Lehrgeld zu zahlen, schmeckt stark nach einer Künstleranekdote, erfunden und nachgesprochen von solchen Geistern, die der ernsten Zucht und dem redlichen Bemühen des sikyonischen Meisters wenig Geschmack abgewinnen konnten. Glücklicherweise ist sie für Apelles bedeutungslos; denn es kann wohl kaum ein Zweifel darüber sein, dass Pamphilos starb, während Apelles noch bei ihm lernte, und dass Melanthios und Pausias sich dann in die Führung der Schule theilten. Eine Zeit lang scheint sich Apelles noch zu dem ersteren gehalten zu haben: er arbeitete mit andern Schülern des Melanthius an dem Siegerbilde des Aristratos. Auf die Dauer aber konnte sich Apelles unmöglich Männern unterordnen, die heute lehrten, was sie gestern noch gelernt, und denen er sich doch damals bereits völlig gewachsen, wenn nicht bedeutend überlegen fühlen mochte. Jede Gelegenheit, dies Verhältniss in freundlicher Weise zu lösen, musste ihm willkommen sein, und diese bot sich ihm bald. Es mag ungefähr um das Jahr 343, fünf Jahre vor der Schlacht bei Chaeroneia gewesen sein, als Apelles, damals etwa 28jährig, einem Rufe Philipps von Makedonien folgte und sich von Sikyon nach Pella begab.

IV.

In früher Zeit schon hatten die makedonischen Könige die Macht hellenischer Bildung erkannt; sie achteten sie als eine unentbehrliche Bundesgenossin in ihren Kämpfen um die Kräftigung und Sicherstellung ihrer Fürstengewalt gegen den trotzigen Sinn feindlicher Adelsgeschlechter und barbarischer Volksstämme. Darum pflegten sie meist freundschaftliche Beziehungen zu den Hellenen, und bei den olympischen Spielen fehlten auch die Festgesandschaften des makedonischen Hofes nicht. Vor Philipp war es namentlich Archelaos (413—399), der, nachdem auch Makedonien vielfältig durch seinen Vorgänger Perdikkas II. in die Verwickelungen des peloponnesischen Krieges hineingezogen worden und mit hellenischer Bildung in enge Berührung gekommen war, sich mit allem Eifer bemühte, die Segnungen dieser Cultur auch seinem Lande zuzuführen: er gründete neue Städte, er legte feste Plätze an, er baute Kunststrassen, er organisirte ein tüchtiges Heer. In Dion wurden hellenische Festspiele abgehalten, die er zu Ehren des olympischen Zeus und der Musen eingerichtet hatte. Die Residenz verlegte er von Aegae nach Pella und machte seinen Hof zu einem Sammelplatze griechischer Dichter und Künstler. Im Jahre 407 verliess Euripides 73jährig noch Athen und ging nach Pella, wo er den Rest seines Lebens zubrachte; seine Bakchen wurden eigens für eine Aufführung auf der Bühne des makedonischen Hofes von ihm bearbeitet. Ein Jahr darauf folgte ihm sein jüngerer Nebenbuhler, der schöne und eitle Agathon, nach. Auch Choerilos von Samos, neben Apelles' Landsmann Antimachos einer der letzten Ausläufer der epischen Dichtung, starb am Hofe des Archelaos. Von bildenden

Künstlern hielt sich Zeuxis auf seinen Wanderungen eine Zeil lang in Pella auf[1]).

Nach langen Wirren bemächtigte sich im Jahre 359 Philipp des makedonischen Thrones. Es ist nicht zu verwundern, dass dieser hochbegabte Fürst, dem von dem ersten Augenblicke seiner Regierung an das Ziel, Griechenland zu unterwerfen, fest und unverrückt vor Augen stand, der als Knabe von dreizehn Jahren von Pelopidas als Geisel nach Theben geführt worden war und dort beinahe ein Jahrzehnd zugebracht hatte, die tiefste Achtung vor der griechischen Cultur hegte und von der Nothwendigkeit, sie auch seinem Volke zuzuführen, überzeugt war. Wohl aber ist es zu verwundern, dass er, der doch von seiner Thronbesteigung an bis zu seiner Ermordung fast ununterbrochen, Sommer und Winter, im Felde stand, der von einem Kriegsschauplatze nach dem andern eilte, eine Stadt nach der andern sich unterwarf, noch Musse und Neigung dazu fand, seine Gesinnung gegen griechische Bildung auch zu bethätigen, dass er mit demselben Scharfblick, mit welchem er die tüchtigsten Feldherren in seiner Umgebung erkannte und an ihren Platz stellte, auch die ausgezeichnetsten wissenschaftlichen und künstlerischen Talente in der Ferne ausfindig zu machen und an sich zu ziehen wusste. Im Jahre 343 wurde Aristoteles, damals der eminenteste Vertreter aller wissenschaftlichen Bildung, von Mytilene, wo er sich gerade aufhielt, nach Pella beschieden, um den Unterricht und die Erziehung des jugendlichen Alexander zu übernehmen, und es ist das glaublichste, dass um dieselbe Zeit — es waren die etwas ruhigeren und für solche Bestrebungen halbwegs günstigen Jahre nach dem philokrateischen Frieden — auch Apelles und Lysippos Einladungen an den Hof von Pella erhielten und von Sikyon dahin übersiedelten. An äusseren Beziehungen dieser Männer zum makedonischen Königshause scheint es allerdings nicht ganz gefehlt zu haben. Aristoteles' Vater, Nikomachos, war Leibarzt bei Philipps Vater Amyntas II. (393—370) gewesen, und der nachmalige Schüler des Platon hatte seine Jugend in Pella und Stagira verlebt. Für die sikyonischen Künstler aber mag wohl der Lehrer des Apelles die Anknüpfungspunkte geliefert haben. Pamphilos, das Haupt der sikyonischen Malerzunft, stammte aus Amphipolis [2]), einer athenischen Colonie zwar, die aber nie eine grosse Anhänglichkeit an die Mutterstadt gezeigt, sondern schon unter Perdikkas II., wenige Jahre nach ihrer Gründung, sich der makedonischen Herrschaft unterworfen hatte, unter der sie auch, eine kurze Unterbrechung nach Philipps Thronbesteigung abgerechnet, bis zur Römerzeit verblieb. Es ist nicht undenkbar, dass ein Künstler von dem Rufe des Pamphilos als geborener Makedonier dem Philipp wohl bekannt war, dass er mit ihm in Verkehr stand und bei Lebzeiten, als der König damit umging, hellenische Künstler an seinen Hof zu ziehen, ihn auf Apelles und Lysippos aufmerksam gemacht hatte. Ausser den sikyonischen Künstlern war auch der Bildhauer Leochares von Athen, nach Skopas der bedeutendste unter denen, die an dem Grabmale des im Jahre 351 gestorbenen karischen Fürsten Maussolos gearbeitet hatten, mehrfach für den makedonischen Hof beschäftigt, und es ist nicht unmöglich, dass auch er zeitweilig in Philipps Residenz selbst verweilte [3]. Auch bei ihm sind die Wege nicht schwer zu erkennen, auf denen er von Halikarnass nach Pella gelangte. Ohne Zweifel stand Philipp mit dem kleinen karischen Dynastenhofe, wo nach Maussolos' Tode bis zur Eroberung von Halikarnass durch Alexander im Jahre 334 die vier Geschwister des Maussolos: Artemisia, Idrieus, Ada und Pixodaros nach einander am Ruder waren, in Verbindung. Als er später an dem Plane eines persischen Feldzuges arbeitete, führte er sogar, um eine Vermählung seines Sohnes Arrhidaeos mit der Tochter des Pixodaros zu Stande zu bringen, Unterhandlungen mit dem karischen Dynasten, die sich aber wieder zerschlugen.

Leider fehlt es an Nachrichten, die es gestatteten, ein recht concretes Bild von dem Treiben dieser Künstlercolonie am Hofe Philipps zu entwerfen; kaum dass der Kreis von Männern, die hier zusammenstanden, einiges Leben gewinnt durch eine Vorstellung von dem Altersverhältnissen derer, die ihn bildeten. Philipp selbst war, als er den Weisen von Stagira berief, 39 Jahre alt, Aristoteles um zwei Jahre älter; der makedonische Prinz war damals ein Knabe von 13 Jahren. Die beiden sikyonischen Künstler standen weit im Alter auseinander; Lysippos war damals mindestens 50jährig, Apelles dagegen hatte wahrscheinlich noch nicht die dreissig erreicht [4]. An einen häufigeren und dauernden Verkehr des Philosophen mit den Künstlern und einen befruchtenden Ideenaustausch zwischen ihnen über das Wesen, die Gesetze und die Probleme der bildenden Kunst wird man kaum denken dürfen. Denn während Apelles und Lysippos natürlich in der Nähe des Königs blieben, begab sich Aristoteles mit seinen Zöglingen — ausser Alexander nahmen noch einige andre vornehme makedonische Knaben, darunter Hephaestion, am Unterrichte Theil — von dem geräuschvollen und üppigen Hoflager Philipps hinweg nach dem stilleren Mieza und lebte an diesem traulich abgelegenen Studiensitze, in jeder Weise vom Hofe unterstützt und begünstigt, jedenfalls auch damals noch, als Alexander 16jährig für seinen im Felde stehenden Vater die Regierung in Pella übernommen hatte, und als er an der Spitze eines makedonischen Flügels in der Schlacht bei Chaeroneia den Hellenen gegenüberstand. In seinen Schriften findet sich kaum irgend eine Spur davon, dass Aristoteles den Leistungen der nachperikleischen Kunst seine Aufmerksamkeit zugewandt, geschweige denn dass er der künstlerischen Thätigkeit seiner Zeitgenossen besondre Beachtung geschenkt hätte. Die hervorragendsten Werke der bildenden Kunst, die er kannte, hatte er in Athen gesehen; er hatte sich aber ganz eingelebt in die Anschauungen der hochidealen, zum Theil noch archaisch gebundenen vorperikleischen Kunst und scheint sich gegen Alles, was seiner Zeit verhältnissmässig modern war, ablehnend verhalten zu haben. In seinen Augen »fällt Zeuxis ab« gegen Polygnot, denn Aristoteles vermisste in seinen Werken das »Ethos«, welches er in den grossen Fresken Polygnots fand [5]. Für das specifisch Malerische also hatte er gar kein Auge. Er achtete den Ideengehalt schlechterdings höher, als alle technische Vollkommenheit. Aber selbst wenn Aristoteles nicht als schroffer Doctrinär den Blick absichtlich gegen die künstlerischen Leistungen seiner Zeit verschlossen hätte, wenn er die Thätigkeit der makedonischen Hofkünstler seiner Theilnahme hätten würdigen wollen, so hätte er doch keinen Einfluss auf sie haben können. Er selbst war im Dienste des Hofes, und die Künstler waren es auch; sie mussten die Aufgaben lösen, die ihnen von Philipp und seiner Umgebung entgegengebracht wurden, und dass diese Aufgaben, so viel sie auch Ehre und Lohn bringen mochten, nicht die idealsten waren, daran hätte Aristoteles bei all seiner strengen und hohen Auffassung der Kunst nichts ändern können. Apelles malte eben Porträts und

wieder Porträts, Lysippos modellirte Porträtstatuen und wieder
Porträtstatuen. »Aufzuzählen, wie oft Apelles den Alexander und
den Philipp malte, ist überflüssig«. So sprach sich schon ein Kunsthistoriker des Alterthums aus [6]) und übte dabei, vielleicht ohne es
zu wissen und zu wollen, eine etwas bittre Kritik über den Werth
der Thätigkeit des Apelles am makedonischen Hofe. Von Lysippos
ist zwar nicht ausdrücklich überliefert, dass er Porträtstatuen Philipps gearbeitet habe; doch darf man es sicher daraus schliessen,
dass auch er »den Alexander in vielen Bildwerken darstellte und
schon den Anfang damit machte, als Alexander noch ein Knabe war« [7]).
Bei der Belagerung von Methone im Jahre 353 hatte Philipp
durch einen Pfeilschuss das rechte Auge eingebüsst. Erinnert man
sich nun daran, dass auch einer der Feldherren Alexanders, der
nachmalige König Antigonos, von Natur einäugig war und deshalb
von den Alten Kyklops genannt wurde, und beachtet man, dass bei
Gelegenheit der Porträts, welche Apelles auch von ihm malte, als
etwas ganz absonderlich wunderbares hervorgehoben wird, wie erfin-
derisch der Künstler hier den Naturfehler dadurch verdeckt habe,
dass er den Kopf im Profil malte *), sollte man da nicht glauben, Philipp sei, weil bei seinen Bildern nichts derart erwähnt wird, in der
That von seinen Hofkünstlern einäugig dargestellt worden? Man
darf die Frage getrost verneinen. Mochte auch den sikyonischen
Meistern eine noch so starke Neigung zum streng realistischen Porträt an der Stätte ihrer Bildung eingepflanzt worden sein, so ist
doch ein so hässlicher Realismus in diesem Falle ihnen um so
weniger zuzutrauen, da Philipp eben nicht von Natur, sondern
nur durch einen unglücklichen Zufall entstellt war, und recht wohl
seine früheren intacten Züge von ihnen dargestellt werden konnten;
geschweige denn, dass Leochares, der attische Götterbildner, dergleichen gewagt haben sollte. An dem einzigen aus dem Alterthum
erhaltenen einäugigen Porträtkopfe — er befindet sich in der Samm-
lung des Herzogs von Bedford in Woburn-Abbey in Bedfordshire —
ist das ganze rechte Auge in solchem Grade unentwickelt, dass man
unmöglich an eine Verletzung, sondern nur an einen Naturfehler
des Originals denken kann [9]).
Von einzelnen Werken, die aus dem Kunstbetriebe an Philipps
Hofe bei Lebzeiten des Königs hervorgingen, sind nur zwei näher

bekannt geworden. Das eine ist das Porträt eines Fürsten von Karien, welches Niemanden anders dargestellt haben kann, als den Pixodaros, der jedenfalls bei einem Aufenthalte in Pella von Apelles gemalt wurde; man bewahrte es noch in der römischen Kaiserzeit in Rhodos auf [10]. Das andre ist ein kostbares Werk der Bildhauerei. Als Philipp mit der Schlacht bei Chaeroneia den einen Wunsch seines Lebens, Griechenland zu unterwerfen, erfüllt sah und sich nun anschickte, seinen zweiten Plan zur Ausführung zu bringen und den Nationalkampf gegen Persien zu eröffnen, liess er in der Altis von Olympia einen Rundbau, nicht sehr königlich: aus Backsteinen, mit einem Säulenumgange errichten, der dann nach ihm Philippeion genannt wurde. Leochares aber fertigte im Auftrage Philipps eine Gruppe, welche die ganze königliche Familie darstellte und in jenem Gebäude ihren Platz fand und zwar auffälligerweise aus Gold und Elfenbein, also in jener kostbaren Technik, die sonst ausschliesslich für Götterbilder angewandt wurde, und daher jedenfalls auch in einer Auffassung, welche die Glieder des königlichen Hauses apotheosirte und wie die Abfolge eines sagenhaften Heroengeschlechtes erscheinen liess. Die Gruppe bestand aus fünf Figuren: es waren Philipps Eltern Amyntas und Eurydike, der König selbst mit seiner Gemahlin Olympias und der jugendliche Prinz, der bei Chaeroneia die ersten Lorbeern gepflückt hatte [11]. Nur wenige Monate, nachdem in diesem prunkenden Kunstwerke der Glanz, die Macht und scheinbar auch die Familienpietät des Argeadenhauses vor den Augen der Welt entfaltet war, und jener unheilvolle Bruch erfolgte am Königshofe zu Pella, der am Ende zu Philipps Ermordung führte. Im Sommer 336 bestieg Alexander 20jährig den Thron seines Vaters.

Ist es ein Zeugniss für die Unschuld Alexanders oder für die kluge und dienstwillige Schmeichelei seiner Umgebung, dass weder Aristoteles noch der Künstler einer fortan den blutbefleckten Hof mieden? dass sie es über sich gewannen, bei einem stürmischen, schwärmerischen und reizbaren Jüngling um die Gunst zu werben, die ihnen eben noch eine klare und energische, wenn auch cynische Mannesnatur entgegengebracht hatte? Ohne Zweifel hatten die Künstler äusserlich eine glänzende, behagliche und ehrenvolle Stellung. Während in den freien griechischen Staaten auch in der

besten Zeit die höchsten Leistungen der bildenden Kunst doch nur
für eine höhere Stufe des Handwerks galten und selbst ein Phidias
zu den Demiurgen gerechnet wurde, mag wohl in der Umgebung
des Fürsten, wo Kunst und Wissenschaft als ein feingeistiger Luxus
den Glanz der Hofhaltung erhöhen helfen musste, zuerst eine an
moderne Anschauungen streifende Werthschätzung der Künstler als
solcher sich gebildet haben. Sie wurden nicht allein von der Königs-
familie — Alexander besuchte oft das Atelier des Apelles [12] — son-
sondern auch von anderen, die mit dem Hofe in Berührung standen,
mit Auszeichnung behandelt und verkehrten sicherlich mit allen in
freundschaftlicher Weise. Nur mit dem damals noch jungen Ptolemaeos, dem späteren Könige von Aegypten, scheint Apelles auf
etwas gespanntem Fusse gestanden zu haben [13]. Von den politischen
Kämpfen wie von den Palastgreueln, in welche die Thronbesteigung Alexanders verstrickt war, blieb ihr künstlerisches Still-
leben unberührt, und sie huldigten heute Alexander, wie sie gestern
Philipp gehuldigt hatten; die Sonne des Hofes schien ihnen ja
heute so gnädig, wie sie ihnen gestern geschienen, wenn auch ein
andrer die Rolle des Erdengottes übernommen hatte. Zum ersten
Male in der griechischen Kunstgeschichte begegnet hier ein Beispiel
echter und unzweifelhafter Hofkünstler. Hier, bei Alexanders Re-
gierungsantritt schon, sind die ersten Anfänge jenes gewaltigen
Umschwungs in dem Charakter der hellenischen Kunst zu suchen,
der sich während der Diadochenzeit vollzog, da die Kunst fast lediglich im Dienste fürstlicher Pracht stand, lediglich solche Aufgaben
löste, wie sie der oft so sinnlose wie geschmacklose Herrscherstolz
von ihnen forderte. Freilich geschah es auch bald genug, dass die
Schmeichelei der Künstler der fürstlichen Eitelkeit den Rang ablief.
Das erste Beispiel davon bietet D e i n o k r a t e s, der berühmte makedonische Architekt, der damals den bald nach dem Brande in Angriff genommenen Neubau des ephesischen Artemistempels leitete [14].
Er legte Alexander das abenteuerliche Project vor, er wolle den
Athos, jenen 6350 Fuss hohen Bergkegel der Chalkidike, in ein
riesiges Sitzbild des Herrschers verwandeln. Auf seiner linken Hand
sollte eine ganze Stadt ruhen, die auf 10,000 Einwohner berechnet
war und an einen Fluss zu liegen kommen sollte, der aus einer in
der rechten Hand befindlichen Schale sich ergossen haben und nach

dor linken hinübergeströmt sein würde. Alexander war einsichtsvoll genug, um die Unmöglichkeit der Ausführung einzusehen, sparte sich aber den Unternehmungsgeist des kühnen Künstlers für passende Gelegenheiten auf.

Auch aus der Zeit bis zu Alexanders asiatischem Feldzuge sind im einzelnen nur dürftige Bruchstücke von der Thätigkeit der makedonischen Hofkünstler gerettet. Von Lysippos ist nur das eine überliefert, dass er eine Statue des Hephaestion arbeitete [15]; von Apelles ist wenigstens einiges bekannt geworden, was dieser Zeit anzugehören scheint. Vielleicht malte er damals schon den Archelaos, einen von den Befehlshabern Alexanders, den er übrigens nicht, wie er sonst pflegte, in irgend einer kriegerischen Attitude, sondern in behaglicher Familienscene, mit Frau und Tochter darstellte [16]. Vielleicht nicht unbezeichnend, denn Archelaos gehörte eben nicht zu den ersten Helden Alexanders. Als Ende 331 das makedonische Heer ohne Schwertstreich in Susa eingerückt war, nahm er an dem Feldzuge nicht weiter Theil, sondern blieb in dieser Stadt als Statthalter von Susiana zurück. Bei der Vertheilung der Satrapieen nach Alexanders Tode wurde er mit Mesopotamien bedacht. Da auch Antigonos bereits ein Jahr nach Eröffnung des Feldzuges sich zum Befehlshaber der Burg von Kelaenae ernennen liess, dann zwölf Jahre lang ziemlich unbemerkt und ohne besondere Auszeichnung diesen Posten verwaltete und erst in den Diadochenkämpfen anfing, die bedeutende Rolle zu spielen, durch welche er endlich zum königlichen Diadem gelangte, so gehören auch seine Porträts wahrscheinlich noch der Zeit an, die er am Hofe von Pella verlebte. Apelles malte ihn öfter, das einemal zu Pferde sitzend, das andremal in voller Rüstung neben einem Pferde, das er wohl am Zügel führte, einherschreitend. Es gab Kunstkenner, welche namentlich zwei Gemälde des Apelles über alle seine andern Arbeiten stellten; zu diesen beiden gehörte merkwürdiger Weise der Antigonos zu Pferde [17]. Es war also wohl keine sehr effectvolle Composition, aber voll Leben und Naturwahrheit und von virtuoser Technik. Ob das Bild, bei dem die geschickte Verbergung der Einäugigkeit besonders hervorgehoben wird, noch eine dritte Darstellung oder mit einer der beiden genannten identisch war, ist schwerlich auszumachen; so viel aber scheint wenigstens aus der Art und Weise, wie über das Bild berichtet wird, hervorzugehen, dass Porträts auch im Alterthum in der Regel in der Vorderansicht gemalt wurden[18] und daher das Profilporträt des Antigonos eine auffällige Ausnahme bildete. Auch das muss unentschieden bleiben, welche von diesen zwei oder drei Darstellungen es war, die Strabon noch am Ende des ersten Jahrhunderts v. Chr. im Asklepiosheiligthume von Kos sah[19]. Neben Archelaos und Antigonos können natürlich auch in dieser Zeit Bildnisse von Alexander selbst und von manchem anderen seiner Getreuen nicht gefehlt haben; so zeigte man noch in der römischen Kaiserzeit in Samos ein Porträt des M e n a n d e r, eines der Vertrauten Alexanders, welcher im Jahre 331 zum Satrapen von Lydien ernannt wurde, und auf Rhodos bewahrte man das Bildniss eines gewissen A n t a e o s auf, der vielleicht auch zu Alexanders Umgebung gehört hatte; beide wurden dem Apelles zugeschrieben[20]. Ereignisse, wie die kühnen Feldzüge gegen die Triballer, Geten, Illyrier und wie die Einnahme Thebens werden kaum vorübergegangen sein, ohne dass die bildende Kunst mehrfach zu ihrer Verherrlichung herangezogen wurde.

Endlich hatte Apelles auch die Ehre, in Alexanders Auftrage eine von den Maitressen zu malen, an denen es dem jugendlichen Könige schon in Pella so wenig fehlte, wie es seinem Vater daran gefehlt hatte. Sie hiess P a n k a s p e und war aus Larissa in Thessalien. Während Apelles an dem Bilde arbeitete und die schöne Thessalierin oft in seinem Atelier sah, begegnete es ihm, dass er, der nicht mehr ganz jugendliche Künstler, eine schwärmerische Neigung zu seinem Modell fasste. Natürlich hatte Pankaspe ihre Rolle am Hofe ausgespielt, sobald der König davon erfuhr; er »schenkte« sie dem Apelles[21]. Ergötzlich ist es zu sehen, zu welchen Herzensergüssen diese einfache Geschichte den trefflichen Plinius hinreisst. Ihm erscheint Alexander »wahrhaft gross wegen seiner Selbstbeherrschung und nicht minder gross durch diese That als durch einen Sieg im Schlachtfelde, denn er besiegte sich selbst: nicht allein seinen Genuss, sondern auch seine Neigung trat er dem Künstler ab, ohne dabei auf die Geliebte Rücksicht zu nehmen, die eben noch einem König angehört hatte und jetzt bloss einem Maler angehören sollte. « Noch im 2. Jahrhundert n. Chr. muss übrigens das Porträt der Pankaspe existirt und wenigstens bei Kennern eine gewisse Berühmtheit gehabt haben. Denn Lucian

4

entlehnt in seiner Beschreibung einer wunderbaren weiblichen
Schönheit, deren Züge er aus lauter Statuen und Gemälden der
grössten Meister zusammenträgt, auch eine Seite der »Pakate« des
Apelles: die gesunde, kräftige Fleischfarbe [22].

. Acht Jahre einer bei allem äusseren Glanze doch wahrscheinlich ziemlich einförmigen und kaum befriedigenden Thätigkeit hatte
Apelles am makedonischen Hofe zugebracht, abgeschnitten von dem
damals noch immer regen Kunstleben Griechenlands, ohne Gelegenheit, einmal aus andern Quellen frische Anregung zu schöpfen als
aus dem Umgange mit gleichgestellten Kunstgenossen, fern von der
reichen Anschauung, die ihn einst in Sikyon und Korinth von
allen Seiten umgeben hatte. Da sollten durch einen Zufall seine
alten korinthischen Erinnerungen wieder aufgefrischt werden. Als
Alexander im Jahre 335 das aufrührerische Theben erobert und zerstört hatte, wurde unter den Beutestücken, die damals aus der böo-
tischen Hauptstadt nach Pella wanderten, auch das hochberühmte
Gemälde des Aristeides: Scene aus einer eroberten Stadt — welche
Ironie des Schicksals — nach der makedonischen Residenz gebracht.
Es war dieses Bild jedenfalls die grossartigste Leistung, die jener
grosse »Seelenmaler« der Hellenen geschaffen hatte. Die rauchenden
Trümmer einer verwüsteten Stadt bildeten wahrscheinlich den Rah-
men der Darstellung. Im Vordergrunde aber rang ein halbentblösstes,
schwerverwundetes Weib mit dem Tode; zum letzten Male hatte sie
ihr Kind an die nährende Mutterbrust gelegt, über welche schon das
Blut aus der Wunde herabquoll. Es war dasselbe rührende Motiv, welches auch ein antiker Bildhauer, Epigonos, statuarisch dargestellt [23]
und Domenico Ghirlandajo in seinem »Kindermord des Herodes« im
Chore von S. Maria Novella zu Florenz angebracht hat. In ergreifender Weise hatte der Künstler den Todeskampf der Mutter und die Sorge
um das ahnungslose und hilflose Kind zum Ausdrucke gebracht.

Im Frühling 334 brach Alexander nach dem Hellespont auf.
Aristoteles kehrte nach Athen zurück; Apelles und Lysippos hatten
wohl schon kurz vorher Pella verlassen und ihren Wohnsitz in
Ephesos aufgeschlagen [24], wo Deinokrates den neuen Artemistempel
seiner Vollendung entgegenführte. Während Alexander mit den
umfangreichen Rüstungen zu seinem asiatischen Feldzuge beschäftigt war, musste nothwendigerweise das Interesse für Wissenschaft

und Kunst gänzlich zurücktreten. Die Künstler blieben aber wenn
nicht in der Umgebung, so doch im Solde des Königs und schickten
sich an, wenigstens im Geiste seinen Unternehmungen zu folgen,
allezeit bereit, grosse und glückliche Ereignisse durch Meissel und
Pinsel zu verherrlichen, sobald die Kunde davon an die Küsten des
ägäischen Meeres gelangen würde, und so auch an ihrem Theile bei-
zutragen zu der von Alexander angestrebten friedlichen Verschmel-
zung der hochgebildeten, aber politisch ohnmächtigen hellenischen
Staaten mit der politischen Machtfülle der makedonischen Monar-
chie. So weilte Apelles, der Meister, zum zweiten Male in der Stadt,
deren Kunstschätzen vor mehr als zwei Jahrzehnden der Schüler die
ersten Impulse verdankt hatte; und wenn an die Namen des Zeuxis
und Parrhasios die erste Blüthe ephesischer Malerei geknüpft ist, so
darf man ihn um so mehr als den Repräsentanten einer zweiten betrachten, da er jedenfalls bald nicht mehr allein stand, sondern einen
kleinen Kreis von Schülern um sich sammelte. Vielleicht war es
damals, wo er seinen jüngern Bruder K t e s i l o c h o s aus Kolophon
kommen liess [25], und etwas später, wo er zu jenem auch Perseus in
die Lehre nahm [26]. Von letzterem ist keine Arbeit bekannt geworden, von Ktesilochos leider nur ein geschmackloses parodisches Gemälde: Zeus mit einer Haube auf dem Kopfe unter kläglichem Stöh-
nen den Dionysos gebärend, während einige Göttinnen Hebammen-
dienste verrichten.

Zum ersten Zusammenstosse zwischen Alexander und dem
persischen Heere kam es in der gewaltigen Reiterschlacht am Granikos. Glänzende Proben persönlicher Tapferkeit legte der König
hier ab; während er mitten im heissesten Kampfe in der Gefahr
schwebte, von einem persischen Reiterführer getödtet zu werden,
eilte der »schwarze Kleitos«, der Befehlshaber des königlichen
Agema, heran und rettete Alexander das Leben. Der Sieg blieb
dem makedonischen Heere. Dreihundert persische Rüstungen sandte
Alexander als Weihgeschenk für Athena Polias nach Athen. Lysippos aber bekam den Auftrag, zum ehrenden Andenken an die am
Granikos Gefallenen eine Reitergruppe von 25 Figuren aus Erz an-
zufertigen. Sie wurde nach ihrer Vollendung in Dion, dem makedonischen Olympia, aufgestellt, von wo sie im Jahre 148 Caecilius
Metellus nach Rom entführte [27]. Das war die erste Aufgabe, welche

aus dem Siegeszuge Alexanders für die bildende Kunst erwuchs. Auch Apelles schuf um diese Zeit einige Gemälde, von denen wenigstens bei dem einen kaum daran zu zweifeln ist, dass seine Entstehung durch die Ereignisse am Granikos hervorgerufen wurde. Im Sommer 334 hielt der König seinen Einzug in Ephesos, und nur damals kann es gewesen sein, wo ihn Apelles mit jenem Bilde überraschte, welches Alexander zu Pferde darstellte [28]. Jedenfalls war dies eine schon vor dem Granikossiege in Angriff genommene Arbeit, denn die Zeit bis zum Einrücken in Ephesos war viel zu kurz, um ein solches Bild zu vollenden; dennoch musste ein Reiterbild Alexanders so kurze Zeit nach dem Granikossiege ganz ungezwungen zu einer Art Huldigung für den König werden. Lehnte er sie vielleicht bescheiden ab und gab dem Künstler Auftrag, lieber den Mann zu feiern, der ihm im Augenblicke der höchsten Gefahr Hilfe geleistet hatte? Gewiss entstand auch bald darauf das Bild des schwarzen Kleitos. Apelles malte ihn, wie er zu Pferde sass, sich in voller Hast anschickte, in das Treffen zu eilen und nur noch von einem Hypaspisten sich den Helm hinaufreichen liess [29].

Nach dem Siege am Granikos stand dem makedonischen Heere ganz Kleinasien offen. Erst bei Issos kam es Ende 333 zu jener zweiten ungeheuern Schlacht, in welcher Alexander das grosse persische Heer fast vernichtete, und Dareios, nachdem er mitten im mörderischsten Kampfesgewühle einen Augenblick in nächster Nähe dem makedonischen Könige gegenübergestanden hatte — so, wie das berühmte Mosaik der Alexanderschlacht aus Pompeji die Scene darstellt — in wilder Flucht die Trümmer seines geschlagenen Heeres im Stiche liess. Als die Botschaft von diesem zweiten gewaltigen Ereignisse nach Griechenland gekommen war, ordnete die korinthische Bundesversammlung an den nächsten Isthmien eine Gesandschaft an Alexander ab, die ihm einen goldnen Kranz überbrachte. Wenn irgend eine Schöpfung des Apelles ihre Entstehung diesem glorreichen Siege verdankt hat, so kann es bloss jenes Bravourstück gewesen sein, welches Alexander im Triumphe auf einem Streitwagen einherfahrend darstellte, während ein Barbarenkrieger, die Hände auf den Rücken gefesselt, vor oder hinter dem Wagen herschritt [30]. Hier, wo es galt, Ueberwältigendes zu glorificiren, schienen dem Künstler die wahrhaft einfachen und

schönen Mittel der Kunst nicht mehr hinzureichen, zum ersten Male
nahm er seine Zuflucht zu sinnbildlichen Darstellungsmitteln. In-
dessen blieb es vorläufig bei einer immerhin noch erträglichen Symbolik. In der That war die Kraft des Persers für die nächste Zeit
gebändigt und gelähmt, und »unwiderstehlich«, wie die Pythia ihm
prophezeit hatte, stürmte der kühne Eroberer vorwärts; und so über-
trug Apelles nur einen bildlichen Ausdruck, den auch die Sprache
sich erlaubt, auf das Gebiet der bildenden Kunst. Echt künstlerisch
freilich würde er den Tag von Issos verherrlicht haben, wenn er ein
grosses historisches Gemälde geschaffen und eine Scene, ähnlich dem
pompejanischen Mosaik, dargestellt hätte. Immerhin konnte er sich
auf eine Episode beschränken, worin Alexander die Hauptrolle zufiel,
während die Heeresmassen nur als Hintergrund dienten. Aber statt
in dieser Weise zu schildern, deutete er nur an, statt einer Handlung gab er nur die symbolische Abbreviatur einer Handlung.
Offenbar war hierbei einer von den Mängeln im Spiele, an denen
die künstlerische Anlage des Apelles litt. Fast nirgend begegnet
man unter seinen Werken complicirten, figurenreichen Compositionen, bei denen es auf eine fein und reich gegliederte Oekonomie
ankam, Compositionen, wie er sie doch seiner Zeit in Sikyon bei
Pamphilos und namentlich bei Melanthios häufig gesehen haben
muss. Die Anordnung umfangreicher Gruppen, besonders mit be-
deutender Tiefenstellung, gehörte, wie er selbst gestand, zu seinen
schwächsten Seiten; er ist ihr möglichst aus dem Wege gegangen.

Sieben Monate lang wurde Alexander durch die Belagerung von
Tyros, zwei durch die von Gaza aufgehalten. Bei der Erstürmung
der letztgenannten Stadt zeichnete sich ganz besonders Neoptolemos
aus, der Archihypaspist, dem nach Alexanders Tode Armenien als
Satrapie zufiel. Allen voran drang er durch die Bresche, welche die
Belagerungswerkzeuge in die Mauer gelegt hatten, in die Strassen
der Stadt ein. Wenn daher nicht schon früher am Hofe in Pella das
Porträt des Neoptolemos[31]) entstanden war, so ist es nicht unwahrscheinlich, dass es Apelles malte, nachdem die Einzelheiten der Erstürmung von Gaza bekannt geworden waren. Freilich würde dann
der Künstler, da er ein Reiterbild schuf, die directe Beziehung auf
dasjenige Ereigniss, bei welchem Neoptolemos sich hervorthat, einer
effectvolleren Darstellung zu Liebe aufgegeben haben.

Endlich sind noch zwei von den vier Darstellungen Alexanders
zu nennen, über die aus der grossen Anzahl derer, die Apelles überhaupt gemalt haben soll, besondre Kunde auf uns gekommen ist,
zwei rechte Schau- und Paradestücke: Alexander mit dem
Blitze in der Hand [32]) und Alexander an der Seite der
Dioskuren und der Siegesgöttin [33]). Solche Schöpfungen
mit ihrem unkünstlerischen Synkretismus von Mythologie und Geschichte können unmöglich vor Alexanders ägyptischem Feldzuge
entstanden sein, wenn anders die Huldigungen des Künstlers mit dem
Siegerstolze des Königs gleichen Schritt hielten. Im Winter des
Jahres 332 unternahm Alexander von Memphis aus den denkwürdigen
Zug nach der Mündung des kanopischen Nilarmes, wohin sofort
Deinokrates von Ephesos berufen wurde, um an dem in jeder Hin-
sicht günstig gelegenem Platze die Bauanlage einer neuen Stadt,
Alexandreia, zu leiten. Von dort ging der Zug nach der libyschen
Oase Siwah, der berühmten Orakelstätte des ägyptischen Amun, den
die Hellenen schon in früher Zeit mit ihrem Zeus-Ammon identificirt,
dessen Cultus sie mit den einheimischen Zeusorakeln in Verbindung
gesetzt, und dessen »untrügliche« Weissagungen sie durch Hymnen
und religiöse Sendungen gefeiert hatten. Hier liess es Alexander
geschehen, dass er von den Priestern gleich den ägyptischen Pha-
raonen als »Sohn des Amun« begrüsst wurde, hier schossen die
ersten Strahlen an zu jenem mythischen Nimbus, der sich später um
das Haupt des Königs ausgoss, hier wurden die ersten Fäden ge-
zogen zu dem Sagengewebe, worein später seine Gestalt gehüllt
wurde, hier begann aber auch in der Brust des Königs selbst schon
jene Verwirrung des Menschlichen und Uebermenschlichen, die es
über sich gewann, göttliche Verehrung anfänglich von den Barbaren
zu dulden, später von den Hellenen zu fordern und endlich zu den
tragischen Scenen von Prophthasia und Samarkand führte. Auch in
der bildenden Kunst findet dieser Umschwung in dem Wesen
Alexanders sein vernehmliches Echo. Alexander mit den kriegerischen »Dioskuroi«, den »Zeussöhnen«, wie man sich den Namen damals deutete, und der Siegesgöttin in einer Gruppe — jedenfalls so
gedacht, dass jene beiden ihm nur zum Relief dienten, und dass
Nike ihm vor dem »rossebändigenden« Kastor und dem »tüchtigen
Faustkämpfer« Polydeukes den Kranz zuerkannte — und vollends

Alexander mit dem Attribute des höchsten Gottes in der Rechten,
das heisst nichts anders, als den irdischen König, so wie die Priester
des Ammonium thaten, als den wahren Sohn des Zeus, ja als den
olympischen Beherrscher der Welt selbst glorificiren.

Als ein Seitenstück zu dem blitzführenden Alexander darf auf
plastischem Gebiete die Statue Alexanders mit dem Speere gelten,
die Lysippos wohl ungefähr um dieselbe Zeit fertigte [34]. Mag es
Lysippos für eine unwürdige Schmeichelei erachtet haben, den
Sterblichen unter die ewigen Gestalten des Olymp zu stellen, oder
mag er, in verständiger künstlerischer Erwägung über die verschie-
dene Leistungsfähigkeit plastischer und malerischer Darstellung, auf
so raffinirte Effecte verzichtet haben, sicherlich gereicht es dem
Künstler zur Ehre, dass er, der Schöpfer der berüchtigten Allegorie
des »günstigen Augenblicks« hier in bewusstem Gegensatze dem
Apelles gegenübertrat. In bewusstem Gegensatze, denn das beweist
die gesunde Kritik, die Apelles von ihm hinnehmen musste; mit
Recht gab Lysippos seiner Alexanderstatue vor dem Gemälde des
Apelles den Vorzug, denn, wie er vortrefflich sagte, »der Ruhm,
den Alexander sich mit dem Speere errungen habe, sei sein wahrer
und ihm eigenthümlicher Ruhm, den keine Zeit ihm entreissen
werde« [35]. Der Blitzträger war in seinen Augen offenbar nichts als
eine lächerliche Uebertreibung. Dennoch scheinen gerade diese
beiden Seitenstücke des Lysippos und Apelles im Alterthume für die
eigentlichen Normalporträts des makedonischen Königs gegolten zu
haben; denn in ihnen waren einzelne von den nicht durchweg
schönen Eigenthümlichkeiten in der Erscheinung Alexanders, der
seitwärts in den Nacken zurückgebogene Kopf mit dem aufwärts
gehenden Blicke, das mähnenartig aufgethürmte Haar und der
feuchte, schwimmende Glanz des Auges mit glücklicher Hand zu
einer idealen Einheit verschmolzen [36]. Von den zahlreichen Alexan-
derstatuen des Lysippos ist nur diese eine überhaupt näher bekannt
geworden; der Alexander-Zeus des Apelles aber, der nach seiner Vollendung in dem neuen Artemistempel zu Ephesos aufgestellt wurde,
galt noch in römischer Zeit für eines der bedeutendsten Kunstwerke
dieser Stadt, so dass Cicero in seiner Anklage gegen Verres da, wo
er eine ganze Reihe der berühmtesten Kunstwerke aufführt, auf
deren Besitz einzelne Städte besonders stolz waren, neben dem

praxitelischen Eros in Thespiae, der praxitelischen Aphrodite in Knidos, der myronischen Kuh in Athen, der Medea des Timomachos in Kyzikos und anderen, für Ephesos nichts hervorragenderes anzuführen weiss, als den Alexander des Apelles [37]). Dort stand er auch noch in der Kaiserzeit. Wo die beiden anderen Darstellungen, die den König neben den Dioskuren und neben dem gefesselten Barbaren zeigten, ursprünglich aufgestellt waren, ist unbekannt. Der Kaiser Augustus brachte sie später nach Rom und wies ihnen »an den besuchtesten Stellen« des nach ihm benannten Forum ihren Platz an. Claudius beging während seiner Regierung die rohe, aber in dieser Zeit nicht ungewöhnliche [36]) Geschmacklosigkeit, aus beiden den Kopf Alexanders entfernen und dafür den des Augustus einsetzen zu lassen [39]). Endlich scheint die Darstellung dieses Alexander-Augustus mit dem Barbarenkrieger, mehr oder weniger umgestaltet, auf römischen Imperatorenmünzen verwandt worden zu sein. Goldmünzen Vespasians zeigen auf der einen Seite den Kopf des Kaisers mit dem Lorbeerkranze, auf der andern Vespasian auf einem Viergespann fahrend und die Siegesgöttin hinter ihm, welche ihn bekränzt. Vor dem Wagen aber schreitet ein Krieger her und ein Gefangener, dessen Hände auf den Rücken gebunden sind [40]). Ebenso zeigen Bronzemünzen des Titus und Domitian auf der Vorderseite den Kopf des Imperators, auf der Rückseite entweder einen Palmbaum und darunter eine trauernde, am Boden sitzende Jüdin und einen gefesselten Juden [41]) oder ein Tropäon, neben dem ein gefesselter Germane steht [42]).

V.

Je tiefer Alexander in das Innere von Asien vordrang, je weiter er sich aus dem Gesichtskreise der hellenischen Welt entfernte, je länger er von der Heimat abwesend war, desto spärlichere und widersprechendere Nachrichten liefen natürlich über ihn ein, desto mehr schwächte sich das Interesse für seine Persönlichkeit und seine Unternehmung ab, desto lockerer wurden die Bande, die ihn an seine in der Heimat zurückgelassenen Günstlinge knüpften. Es ist charakteristisch genug, dass das letzte unter den Erlebnissen Alexanders, welches die Hand seiner Hofkünstler bildlich darstellte, eine unbedeutende, seitab liegende und romantisch gefärbte Episode und die künstlerische Darstellung derselben nicht einmal direct durch Alexander veranlasst oder für ihn bestimmt war. Während der Rast des makedonischen Heeres in Samarkand im Sommer 328 veranstaltete Alexander eine grosse Jagd in den ungeheuren, ringsummauerten Parkanlagen, die sich in der Umgebung der Stadt befanden, und worin massenhaftes Wild seit Menschengedenken gehegt, aber nie gejagt worden war. Bei dieser Gelegenheit soll Alexander, während sich augenblicklich nur Krateros in seiner Begleitung befand, auf einen gewaltigen Löwen gestossen sein und ihn mit eigner Hand erlegt haben [1]. Auf Krateros' Bestellung arbeiteten nun Lysippos und Leochares gemeinschaftlich eine Jagdgruppe, welche den König im Kampfe mit einem Löwen und Krateros mit ein paar Jagdhunden zu Hilfe eilend darstellte und als Weihgeschenk nach Delphi geschickt wurde [2]. War die Reitergruppe der am Granikos Gefallenen die erste, so ist diese Jagdscene im Bereiche der Thätigkeit der makedonischen Hofkünstler die letzte nachweisbare Leistung, deren Vorwurf den Feldzügen Alexanders entlehnt ist.

Mag nun eine ausgesprochene Lösung des bisherigen Verhält-
nisses stattgefunden oder mag Apelles schliesslich sich des Charak-
ters eines makedonischen Hofmalers als enthoben betrachtet und
stillschweigend auf seine Stellung verzichtet haben, genug, diese
Lösung ist eine Thatsache, denn sie wird durch einen sehr fühlbaren
Umschwung in der ganzen künstlerischen Richtung des Apelles be-
zeichnet. Mit Darstellungen wie der Alexander-Zeus war das
Aeusserste in höfischer Schmeichelei geleistet; das Maass war er-
schöpft. Kam es jetzt zu einer Reaction, so konnte sie nicht gering
ausfallen, und diese Reaction gegen die bisherige Abhängigkeit vom
makedonischen Hofe trat in der That ein. Es ist, als ob Apelles erst
jetzt sich auf sich selbst besänne, als ob er erst jetzt recht eigentlich
er selbst würde. Mit Unrecht und irre geleitet durch den Geschmack
ihrer Zeit setzten die alten Kunstschriftsteller die Blüthe des Apelles
in die 112. Olympiade (332—329) [3]), wo er noch ausschliesslich mit
der Glorificirung der Heldenthaten Alexanders beschäftigt war. Sie
fällt vielmehr etwas später, in die Zeit, wo er sich mehr und mehr
vom Hofe emancipirte, die Porträtmalerei und die unausgesetzte
Verherrlichung Alexanders und seiner Umgebung aufgab und sich
idealen, zum Theil wohl freigewählten Vorwürfen zuwandte, die
Zeit, wo er seine echt ionische Natur eigentlich erst offenbart und
sich nicht bloss äusserlich und durch das Local, sondern auch inner-
lich und durch das ganze Wesen seiner künstlerischen Thätigkeit als
Nachfolger des Parrhasios und Zeuxis zu erkennen giebt.

Einigermassen diesen Uebergang vermittelnd stehen die beiden
Gemälde da, zu denen Apelles offenbar aus dem seit der Vollendung
des neuen Tempels wieder mit altem Glanze geübten Culte der ephesischen Artemis die Antriebe nahm: Die Prozession eines Megabyzos und Artemis im Kreise ihrer Hierodulen. Es
werden dies weder blosse Gelegenheitsstücke, die der Künstler etwa
in der Erinnerung an bestimmte festliche Ereignisse in Ephesos geschaffen hätte, noch völlig freie Idealschöpfungen gewesen sein,
sondern Genrebilder im grossen Stile, die in der künstlerischen Entwicklung des Apelles am ehesten noch an dieser Stelle ihren Platz
finden können, da sie hier einen naturgemässen Uebergang zu den-
jenigen Bildern, deren Vorwürfe Apelles in der Weise der ältern
Kunst dem Kreise des hellenischen Pantheon entnahm, bilden

würden. Der Dienst der Artemis war wie überall so auch in Ephesos in den Händen jungfräulicher Hierodulen[4]), die wahrscheinlich
wie anderwärts die Priesterinnen der Demeter und der Rhea den
Namen Melissai, Bienen führten. Neben diesen Jungfrauen, die in
klösterlicher Keuschheit und Entsagung ihr Leben der Göttin weih-
ten, gab es aber auch für eine Menge von Aemtern, die bei der
hohen politischen und religiösen Bedeutung des Heiligthums unmöglich weiblichen Händen anvertraut sein konnten, ein Priestercolle-
gium, das jedoch, um die Reinheit jener hellenischen Vestalinnen
nicht zu gefährden, aus Verschnittenen bestehen musste und, da Griechen sich zu dieser Verstümmelung nie hergaben, aus Barbaren, in
der Regel aus Persern zusammengesetzt war. Persisch war auch ihr
Name Megabyzoi, die Grossmächtigen, und der Oberpriester, der in
höchst einflussreicher Stellung den ganzen Cultus leitete, hiess entweder vorzugsweise der Megabyzos oder, weil er zugleich an der
Spitze der Melissen stand, mit griechischem Namen Essen, der
Weisel oder Bienenkönig. Theorieen, feierliche Aufzüge zu Ehren
der Göttin, bei denen zu bestimmten Zeiten auch ihr Tempelbild
auf einem mit Maulthieren bespannten Wagen durch die Strassen
gefahren wurde, und festliche Gesandschaften, die nicht selten von
auswärtigen Staaten und Städten wie nach Olympia, Delphi, Delos
so auch nach dem ephesischen Heiligthume pilgerten, führte stets
der oberste Megabyzos an, von glänzendem Gefolge begleitet, er
selbst in purpurnen Gewändern, den Lorbeerkranz auf dem Haupte.
Irgend eine solche Prozession zeigte also das eine Bild des Apelles[5]).
Es hat durchaus nichts befremdliches, den Künstler hier einen Stoff
aus dem Tempelceremoniell entnehmen zu sehen. Sehr oft wurden
Statuen und Gemälde Priestern zu Ehren aufgestellt. In Lindos auf
Rhodos sind eine ganze Reihe Inschriften von Priesterstatuen zu
Tage gekommen, die wohl zum Theil bis in die Diadochenzeit
zurückreichen[6]), und was die Malerei betrifft, so wird schon unter den
Gemälden des Apollodoros ein »betender Priester« erwähnt[7]). Von
Parrhasios existirten ausser der schon erwähnten Darstellung eines
Megabyzos noch zwei ähnliche Bilder: ein Archigallos, das heisst
ein Oberpriester der Kybele[8]), und die Gruppe eines Priesters und
eines Knaben mit Weihrauchpfanne und Kranz[9]). Auch die Malereien, mit denen Nikias, der grosse Meister der thebisch-attischen

Schule das Grabmal eines Megabyzos in Ephesos ausgeschmückt hatte, werden wohl ähnlichen Inhalts gewesen sein [10].

Demselben Kreise gehört nun auch offenbar das zweite Bild des Apelles an. Hier hatte der Künstler die Göttin selbst mitten unter ihren Priesterinnen dargestellt, natürlich nicht jenes seltsame mumienartige Tempelbild von Ephesos von opfernden Jungfrauen umgeben, sondern jedenfalls in freierer und kühnerer Auffassung die echt hellenische Artemis persönlich anwesend im Kreise derer, die sich ihrem Dienste geweiht hatten, die Göttin unter heiteren irdischen Gespielinnen, die mit emsiger Freude um sie geschäftig sind [11]. Unwillkürlich rief das Bild dem Beschauer jenes herrlichste Gleichniss der Odyssee [12] ins Gedächtniss zurück, welches bei seiner grossen plastischen Schönheit wahrscheinlich auch dem Apelles in die Conception seiner Darstellung hineingespielt haben mochte, das Gleichniss, worin es von Nausikaa und ihren ballspielenden Gefährtinnen heisst:

So wie Artemis herrlich einhergeht, froh des Geschosses,
Ueber Taygetos' Höhen und das Waldgebirg' Erymanthos,
Und sich ergötzt, Waldeber und flüchtige Hirsche zu jagen —
Sie nun zugleich und Nymphen, des Aegiserschütterers Töchter,
Ländliche, hüpfen in Reihn, und herzlich freuet sich Leto,
Denn sie ragt vor allen an Haupt und herrlichem Antlitz,
Leicht auch wird sie im Haufen erkannt, schön aber sind alle —
Also schien vor den Mädchen an Reiz die erhabene Jungfrau.

Ein Epigramm, in welchem dieses Gleichniss mit dem Gemälde des Apelles verglichen wurde, rühmte sogar, dass hier der Maler den Dichter übertroffen habe [13]. Diese Darstellung einer gleichsam verklärten Artemisfeier war denn auch das zweite Bild neben dem Antigonos zu Pferde, welches noch in römischer Zeit die höchste Bewunderung der Kunstkenner erregte, wenn es auch auf die grosse Menge keinen blendenden und hinreissenden Eindruck machte. Man wird wohl nicht irre gehen, wenn man sich die Pompa des Megabyzos reliefartig und ohne besondere Tiefenperspective componirt und nach Art der ruhigeren Partieen des Parthenonfrieses von maassvollem, ceremoniellem Charakter denkt; das Hauptgewicht mag in der Entfaltung eines reichen Colorits gelegen haben, wozu ja die prächtige Costümirung förmlich herausfordern musste. Dagegen ist Artemis im frohen Schwarme ihrer Priesterinnen nicht ohne eine lebendige und schön gegliederte Gruppirung denkbar, und es scheint dies allerdings die einzige Schöpfung gewesen zu sein, in der Apelles jene natürliche Schranke seiner künstlerischen Anlage, die Scheu vor complicirten Gruppen, zu durchbrechen versuchte. Weit wichtiger aber noch ist dies, dass in diesem Bilde jedenfalls zum ersten Male die Hauptseite in der gesammten Kunst des Apelles, seine vielgepriesene »Charis«, zur vollen Geltung kam. Die schöne, keusche Göttin, mit dem leisen Anflug von Sprödigkeit und Strenge, umgeben von einem ganzen Reigen lieblicher jungfräulicher Gestalten — welche Fülle von Anmuth mag hier die Hand des Künstlers entfaltet haben.

Von den eigentlichen Götterbildern des Apelles möge an diese Genrebilder zunächst das der Tyche angereiht sein, welches er wahrscheinlich für Smyrna malte. Tyche, ursprünglich nur eine willkürliche Personification des Glücks, so gut wie der »günstige Augenblick« des Lysippos, hatte doch im Laufe der Zeit im hellenischen Götterkreise allmählich feste Gestalt gewonnen und wurde an vielen Orten, namentlich seit man sie mehr und mehr als Schutzgöttin der Städte betrachtete, als eine weise waltende und Segen spendende Gottheit verehrt. Die Attribute, die ihr die bildende Kunst verliehen, bezeichnen diesen Charakter deutlich. Für Smyrna hatte schon in sehr alter Zeit Bupalos, der Marmorbildner von Chios, das Tempelbild gefertigt. Die Göttin stand mit dem Polos, dem Sinnbilde des Himmelsgewölbes auf dem Haupte, in der Hand das Wunderhorn der Amaltheia, das Symbol aller Fülle und alles Segens [15]. Statt des Füllhorns trug sie in ihrem Tempel zu Theben das Plutoskind, den Reichthum, auf den Armen. So hatte sie der Bildhauer Xenophon dargestellt [16], offenbar angeregt durch das Vorbild seines grossen Kunstgenossen und gelegentlichen Mitarbeiters, des älteren Kephisodot, der den Athenern die herrliche Gruppe der Friedensgöttin Eirene mit dem Plutoskinde auf dem Arme geschaffen hatte, die jetzt in der früher sogenannten Leukothea der Münchner Glyptothek wiedererkannt worden ist [17]. Tyche ist eine dem Kunstcharakter des Apelles durchaus congeniale Gestalt. Da sie selbst doch verhältnissmässig zu untergeordnet geblieben ist, als dass sie es in der bildenden Kunst zu einem eigenthümlichen Idealtypus hätten bringen können, so fasste man sie jedenfalls als eine dem Wesen der Aphrodite verwandte Erscheinung auf. Ist es doch Aphrodite, die auch selbst bisweilen als Glücksgöttin auftritt und mit der ihr eigenthümlichen Charis, welche Anmuth der Erscheinung mit Gunst und Gnade in sich vereinigt, die Menschen geleitet. So musste Tyche dem Apelles ein eben so willkommener Vorwurf sein, wie dem Praxiteles, unter dessen Werken sie uns öfter, in Megara einfach als Tyche, in Athen (?) als Agathe Tyche an der Seite des Agathodaemon, begegnet[18]). Wie Apelles seine Göttin im Einzelnen dargestellt hat, ist nicht bekannt. Nur so viel ist sicher, dass auch dieses Bild nicht ganz frei von willkürlicher Symbolik war. Die Göttin wurde in der Regel stehend gebildet. Ruhend stellte sie Eutychides, der Schüler des Lysippos, in Antiocheia dar. Er hatte sie rein als die segnende Stadtgöttin aufgefasst, ihr deshalb die Mauerkrone auf das Haupt und einen Aehrenbüschel in die Rechte gegeben und sie, der Localität der Stadt entsprechend, auf einen Felsen gelagert[19]). Auch die Tyche des Apelles sass; aber mit der symbolischen Bedeutung der Stattgöttin von Antiocheia hatte dies Motiv nichts zu thun. Als man den Apelles fragte, warum er seine Tyche nicht stehend gebildet habe, soll er geantwortet haben: »Weil das Glück nie feststeht«. Ist dies kein blosses, später erfundenes Witzwort, sondern eine wirklich von dem Künstler gethane Aeusserung, so liegt hier in der That ein leiser allegorischer Zug vor. Das Glück hat keinen Bestand, es ist wandelbar, und flüchtig eilt es vorüber; diesen Gedanken anzudeuten nahmen andre Künstler Rad, Kugel, Flügelsohlen zu Hülfe. Apelles gab dem Gedanken eine originelle Wendung: er machte es seiner Tyche bequem und lud sie zum Verweilen ein.

Dass es die Smyrnaeer gewesen, denen Apelles seine Göttin malte, ist deshalb nicht ganz unwahrscheinlich, weil Smyrna sein besondres Heiligthum der Tyche mit dem alten Tempelbilde des Bupalos hatte, und weil Apelles, wie in diesem Falle bestimmt überliefert ist, auch eine Charis für Smyrna malte, die im dortigen Odeion aufgestellt wurde[20]), während merkwürdigerweise auch zu diesem Gemälde die Smyrnaeer ein Seitenstück von Bupalos' Hand besassen, die Gruppe der drei Chariten im Heiligthum der beiden Nemesisgöttinnen[21]). Wie es ursprünglich nur eine Muse gab, so darf man anfänglich auch nur eine Charis voraussetzen. Aber schon in früher Zeit wurde ihre Gestalt vervielfältigt, bis wie bei den Horen die Dreizahl traditionell wurde. Schon die Ilias weiss von vielen Chariten und doch daneben auch wieder von der einen Charis, welche für die Gemahlin des Hephaestos galt. Diese einzelne Charis brachte auch noch Phidias, jedenfalls an der Seite des Hephaestos, in dem Relief an der Basis seines olympischen Zeus an, mitten unter den Gottheiten, die bei der Geburt der Aphrodite aus dem Meere gegenwärtig sind [22]). Weit überwiegend aber wurde doch die Dreizahl dargestellt. In selbständigen plastischen Gruppen erschienen die drei Chariten schon unter den Werken des Bupalos, des Bathykles [23]), des Endoeos [24]); zu ihnen gehörte auch die vielbesprochene Reliefgruppe am Aufgange der athenischen Akropolis, die nach einer im Alterthum weit verbreiteten Legende Sokrates, der grosse Weise, mit eigner Hand gearbeitet haben sollte, und deren Trümmer vielleicht heute noch an Ort und Stelle erhalten sind [25]). Als Attribut begegnen die Chariten auf der Hand des delischen Apollon [26]), als blosses Beiwerk an der Thronlehne des olympischen Zeus [27]) — hier wie öfter als Gegenstück zu den drei Horen, — und an dem Stirnschmucke der Hera Polyklets [28]). Es ist bedeutsam, dass Apelles wieder die eine, ungetheilte Charis darstellte. Gewiss wollte er damit nicht im mindesten in Gegensatz treten zu der volksthümlichen mythologischen Anschauung und in launenhafter Weise die längst veraltete und verdrängte Personification der Charis von neuem künstlich vollziehen, sondern dieses Gemälde sollte offenbar eine Verherrlichung seines eigensten künstlerischen Ich sein. Jene Charis, in der kein andrer Künstler ihn erreichte, mit der er allein »die Sterne berührte«, hier war sie verkörpert zu schauen. »Die Kunst selbst« in einem Kunstwerke dargestellt zu haben, rühmte ein Epigramm, sei dem Polyklet durch seinen Kanon gelungen. Man könnte ähnlich auch von der Charis des Apelles sagen, dass der Künstler in ihr ein Bild seiner eigensten Kunst habe geben wollen. Die ältere Zeit bildete die Chariten übrigens immer bekleidet; die so geläufige Vorstellung der nackten Gruppe der drei Grazien stammt aus späterer Zeit. Dass auch Apelles seine Charis in voller Gewandung darstellte, wird ausdrücklich bezeugt.

VI.

In die Zeit seines Aufenthaltes in Ephesos fällt wahrscheinlich auch das Hauptwerk des Apelles und zugleich das volksthümlichste und gepriesenste Gemälde des classischen Alterthums überhaupt. Was in der modernen Malerei Raphaels Sixtinische Madonna geworden ist, das war im Alterthum die Aphrodite anadyomene des Apelles. Wäre die bisher vermuthete Reihenfolge der Idealschöpfungen des Apelles die richtige, dann würde dies Werk den naturgemässen Höhepunkt und Abschluss derselben bilden. Artemis hat noch nichts von jener specifisch aphrodisischen Schönheit, an welcher schon Tyche theilnimmt; ihr folgt Charis, und diese ist gleichsam nur noch eine Abart der Aphrodite selbst, welche den Reigen beschliesst.

Die hellenische Kunst hat zwei hervorragende Typen der Aphrodite geschaffen, auf welche sich bei weitem die grösste Anzahl aller erhaltenen Darstellungen im Wesentlichen zurückführen lassen; der eine dieser beiden Typen war die Marmorstatue der Göttin von Praxiteles' Hand, welche Knidos in Kleinasien besass, der andere die Anadyomene des Apelles [1]. In einem wichtigen und charakteristischen Moment, das diese beiden Typen gemeinsam haben, war aber der Maler von dem Bildhauer abhängig; dem Praxiteles gebührt hier der Ruhm der Erfindung. Er ist es, der das unvergängliche Verdienst hat, in einem selbständigen Kunstwerke die Göttin der Schönheit zuerst auch in der vollen Entfaltung ihrer göttlichen Schönheit, also gänzlich unverhüllt dargestellt zu haben und damit endlich der Vorstellung gerecht worden zu sein, welche namentlich nach Anleitung der homerischen Poesie schon längst im Bewusstsein des hellenischen Volkes lebendig war. In der ältern Kunst

erscheint Aphrodite immer voll bekleidet, und auch die nachgeahmt
alterthümlichen Werke aus römischer Zeit bewahren sorgfältig diesen
Zug. Selbst unter den drei Aphroditestatuen, die Phidias schuf, ist
die eine, welche in Elis stand und aus Gold und Elfenbein war,
schon ihres doppelten Materials wegen sicher gewandet zu denken[2],
und von den beiden andern darf man das gleiche voraussetzen. Auch
noch im Parthenonfriese, wo die Göttin mit Peitho und Eros zu
einer Gruppe vereinigt ist, fehlt ihr nicht die volle Gewandung[3].
Im Westgiebel des Parthenon erscheint Aphrodite allerdings —
nach Carreys Zeichnung — bis auf ein kleines Gewandstück,
welches über ihren linken Schenkel fällt, völlig nackt; hier war
sie aber erstens mitten in einer grossen Scene als Nebenfigur angebracht und zweitens in einer Situation, in welcher eine volle Gewandung ganz undenkbar wäre, nämlich ruhend im Schoosse der
Meeresgöttin Thalassa[4]. Während aber schon Skopas die Göttin in
einer Weise dargestellt zu haben scheint, in welcher sie, wohl ähnlich
wie die Aphrodite von Melos, halb entblösst war[5], wagte es Praxiteles, sie zuerst in einem Tempelbilde vollkommen nackt zu bilden.
Weit grösser aber noch als die Kühnheit dieses Schrittes war die
Feinheit, mit welcher der Künstler seine Darstellung motivirte.
Aphrodite war in seiner Marmorstatue aufgefasst im Begriff, in's Bad
zu steigen. Mit der gesenkten linken Hand liess sie das abgelegte
Gewand auf eine an ihrer Seite stehende Urne herabgleiten, während
die Rechte unwillkürlich den Schooss bedeckte. In der langen Reihe
von Aphroditedarstellungen, denen dies Motiv in der Hauptsache
zu Grunde liegt — freilich in der mannichfachsten Weise umgestaltet, so, dass bald das Gewand gänzlich beseitigt ist oder auch
wieder eine grössere Rolle spielt als im Original, bald an der Stelle
des Salbgefässes ein Seegeschöpf, bisweilen mit einem daraufreiten-
den Eroten angebracht ist — in dieser ganzen Reihe ist die medi-
ceische Venus die bekannteste Darstellung geworden, in der freilich
jene echte Weiblichkeit, jene Keuschheit und Unbefangenheit, die
das Urbild schmückte, verloren gegangen ist und einer erkünstelten
Scham Platz gemacht hat, hinter der die Lüsternheit sich nur
schlecht verbirgt.

Auch Apelles stellte seine Göttin völlig unverhüllt dar; sein
Verdienst war es aber, der bildenden Kunst eine neue, allerdings

der des Praxiteles ziemlich nahe verwandte Motivirung dieser Darstellung geschenkt zu haben. Während Praxiteles die Göttin
bildete, wie sie im Begriff ist, sich dem Elemente, dem sie dereinst
bei ihrer Geburt entstiegen, auf's neue im Bade anzuvertrauen,
wählte Apelles den Moment, wo sie eben jenes erste Mal dem Meeres-
schoosse entsteigt. Bekanntlich hatte die zwar sprachlich unrichtige,
im Alterthum aber durchaus geläufige Deutung des Namens der
Aphrodite als der »Schaumgeborenen« wesentlich zur Entstehung
der Sage beigetragen, dass die Göttin dereinst aus dem Meere zu
den Menschen gekommen sei [6]. Das Gestade der Insel Kypros nannte
man gewöhnlich als die Stelle, wo sie an's Land gestiegen. Selten ist
aus so geringen und zufälligen Anfängen ein poetisches Gebilde, so
voll Glanz und Duft, ausgesponnen worden, wie in diesem Mythus, dessen Kern freilich die dichterische Erweiterung und Aus-
schmückung förmlich herausforderte. Von Delphinen umspielt und
von lindem Zephyr dahergetragen im weichen Schaume des Meeres
erreichte die Göttin das Ufer. Die Horen empfingen sie, bekleideten
sie und schmückten sie mit Blumen und Geschmeide und führte sie
dann in die Versammlung der Götter. Der Rasen schwoll aber unter
ihren Füssen, als sie so leichten Schrittes dahinwandelte. Und die
Götter nahmen sie freundlich auf, und jeder hätte sie gerne zur Gemahlin gehabt, so schön war sie, die veilchenbekränzte Kythereia [7].
Die bildende Kunst bemächtigte sich denn auch bald des günstigen
Stoffes. Schon Phidias hatte an der Thronbasis seines olympischen
Zeus in Relief dargestellt, wie Aphrodite in staunender Götter-
versammlung aus den Meeresfluthen an's Land kommt, empfangen
und begrüsst von Eros, geleitet und geschmückt von Peitho, der
Göttin der freundlichen Ueberredung [8]. Apelles malte die Göttin
allein; er stellte sie dar in dem Augenblicke, wie sie eben aus
den Wellen emporgestiegen war und in unbefangner Entfaltung
ihrer göttlichen Schönheit dastand. Noch haftete der feuchte Glanz
des Wassers an den schwellenden Gliedern. In leiser Wehmuth
war das Haupt geneigt, und still sehnsüchtig blickte sie hinab
in das feuchte Element, das ihre Wiege, ihre Heimat war. Mit
beiden Händen presste sie ihr triefendes Haar, indem sie sich's aus
den Wangen strich [9]. Die Darstellung muss von hinreissender
Schönheit gewesen sein. Jene unnachahmliche, echt ionische Grazie,

deren Apelles sich selbst rühmte, die gewiss schon die Gestalten
seiner Artemis und seiner Tyche umkleidete, und die er vielleicht
schon einmal gleichsam zu verkörpern gesucht in dem Bilde der
Charis, sie mag wohl hier, in der Anadyomene, wo der Künstler die
Göttin der Schönheit selbst in ihrer völlig unverhüllten Schöne darstellte, ihren höchsten Triumph gefeiert haben. Und dabei scheint
ein elegischer Hauch, von dem sich namentlich eine spätere Zeit
mächtig angezogen fühlen musste, wenn der Künstler wirklich der
seinigen damit vorausgeeilt wäre, jener unbeschreibliche Hauch, der
uns aus Goethe's »Fischer« entgegenweht, über das Gemälde gegangen
zu sein. Die geheimnissvolle Beziehung aller meerentsprossenen
Wesen zu ihrem heimatlichen Elemente, jenes magische, heimweh-
ähnliche Hinabgezogenwerden in die Tiefe der Wellen, die schmei-
chelnd und lockend den Fuss der Göttin netzten, mag wohl in dem
feuchten Glanze des abwärts gewandten Auges ausgesprochen gewesen sein.

Es ist unbekannt, wann Apelles seine Anadyomene gemalt hat.
Wenn er wirklich etwa seit dem Jahre 328 sich mythologischen
Stoffen zuwandte und die bereits genannten Werke diese höchste
seiner Leistungen vorbereitend vorausliegen, so kann die Anadyomene ungefähr um das Todesjahr Alexanders des Grossen entstanden sein. Jahrhunderte lang war sie dann unstreitig die Perle unter
all den zahlreichen und kostbaren Weihgeschenken, welche in dem
hochberühmten Asklepiosheiligthum der Stadt Kos auf der gleichnamigen Insel aufbewahrt und gezeigt wurden [10]. Aller Orten wurden
ja die Tempel und Tempelbezirke des Heilgottes von denen, welche
in den mit den Tempeln verbundenen Hospitälern Genesung gefunden hatten, durch Weihegaben aller Art und bisweilen auch durch
Geschenke von beträchtlichem künstlerischen Werthe geschmückt.
Neben Epidauros in Argolis aber war es namentlich Kos, das Vater-
land und die Bildungstätte des grössten Arztes der Alten, Hippokra-
tes, welches alle andren Heilstätten in dieser Beziehung überstrahlte.
Es ist wohl möglich, dass auch das Gemälde des Apelles ursprünglich das Weihgeschenk eines Genesenen an den Tempel bildete;
dann dürfte man freilich auch den weiteren Schluss wagen, dass
das bedeutendste Werk des Meisters keine freie Schöpfung, sondern eine bestellte Arbeit gewesen sei. Strabon fand auf seinen

Reisen am Ende des ersten Jahrhunderts n. Chr. das Bild in Kos nicht mehr vor; damals befand es sich, wie so viele andre berühmte Werke griechischer Meister, in Rom. Die Koer hatten es bereits in den ersten Jahren unsrer Zeitrechnung[11] dem Kaiser Augustus, wie es hiess, gegen einen Steuererlass von hundert Talenten abgetreten, und dieser hatte es, da Venus in Rom auch als die Stammmutter des julischen Geschlechtes verehrt wurde, im Tempel Julius Caesars auf dem Forum aufgestellt[12]. Hier wurde das Bild im Laufe der Zeit namentlich in seinen unteren Theilen schadhaft; das Holz scheint morsch und wurmstichig geworden zu sein, und darunter litt natürlich auch die Malerei. Aber kein Künstler hatte den Muth, das Bild zu restauriren. Kaiser Nero verhütete endlich eine weitere Zerstörung, indem er das Gemälde von seinem öffentlichen Platze beseitigen, durch einen Maler, Namens Dorotheos, eine Copie davon anfertigen und diese an Stelle des Originales aufstellen liess[13]. Erst unter Vespasian soll sich dann ein Künstler gefunden haben, der das Original selbst restaurirte und dafür vom Kaiser glänzend belohnt wurde. Von da an fehlen über den Verbleib des Bildes alle weiteren Nachrichten[14].

Wie in unsrer Zeit die Sixtinische Madonna, so wurde im Alterthum die Anadyomene von Griechen und Römern, von Kennern und Laien, in Poesie und Prosa, immer und immer wieder als Summe und Inbegriff und als die herrlichste Schöpfung aller Malerei gepriesen. Mit dem olympischen Zeus des Phidias, mit der knidischen Aphrodite des Praxiteles, mit Polyklets Speerträger, mit Myrons Kuh und andern im höchsten Grade populär gewordenen Kunstwerken wurde sie immer zusammengenannt[15]. Und wie die Knidierin des Praxiteles, so wurde auch die Anadyomene des Apelles in ihrem Hauptmotiv unendlich oft nachgeahmt; die Darstellung ging auch bald in die Bildhauerei über[16], so dass eine ganze Gruppe erhaltener Venusdarstellungen — freilich auch sie wieder mit mannichfachen Variationen, in denen die Göttin bald wie die Aphrodite von Melos schon halb bekleidet erscheint, bald ihr Haar ordnet und schmückt, anstatt es zu trocknen — auf das Vorbild des Apelles sich zurückführen lassen. Selbst der feine Zug, dass der Blick der Göttin wehmüthig hinab in die Fluthen ging, ist in mehreren Nachbildungen, vor allem in einer schönen Marmorstatue, welche in Pompeji

zu Tage gekommen ist, unverkennbar treu bewahrt [17]). Natürlich
bemächtigte sich auch die Epigrammendichtung des willkommenen
Stoffes. Seit der alexandrinischen Zeit wetteiferten ja die Epigram-
matisten darin, hervorragende Kunstwerke in Sinnsprüchen zu
feiern, leider, da es vielen nur darauf ankam, eine neue, noch nicht
dagewesene Pointe dabei anzubringen, sehr oft, ohne die Kunstwerke selbst gesehen zu haben. Zahlreiche Epigramme mögen sie
wohl auch über die Anadyomene in Umlauf gesetzt haben [18]); die
vier, welche noch davon erhalten sind, werden schwerlich die einzigen gewesen sein, die es gab. Zwei von ihnen stammen aus der
Zeit, da sich das Bild noch in Kos befand; es wäre also wenigstens
möglich, dass die Verfasser derselben es mit eigenen Augen gesehen
hätten. Das eine wird dem Antipater von Sidon [19]), einem älteren
Zeitgenossen Ciceros, zugeschrieben und lautet in deutscher Ueber-
tragung:

> Siehe die Kyprierin, gemalt von der Hand des Apelles,
> Eben entstieg sie des Meers mütterlich zeugendem Schooss.
> Wie mit der Hand sie das triefende Haar noch immer gefasst hält
> Und aus feuchtem Gelock presset den salzigen Schaum.
> Nun wird Hera gewiss und Athena selber bekennen:
> Göttlicher Schönheit Preis, dir gebührt er allein.

Unter dem Namen eines gewissen Archias [20]), der vielleicht um
dieselbe Zeit lebte, wird das folgende Epigramm überliefert, von
dem am Schlusse ein Distichon verloren gegangen zu sein scheint:

> Eigenen Augen hat es Apelles gesehn, wie der Meerfluth
> Mütterlich nährender Schooss einst die Göttin gebar.
> Und so malte er sie: noch presst mit blühenden Händen
> Sie den salzigen Schaum aus dem feuchten Gelock.

Ohne besondren Werth und in geschmackloser Weise übertrei-
bend ist ein drittes Epigramm, welches von Julian von Aegypten [21])
gedichtet sein soll, der ungefähr zur Zeit Kaiser Justinians lebte und
die Anadyomene wahrscheinlich gar nicht gesehen hat. Es lautet:

> Eben entstieg dem Bette des Meers die paphische Göttin,
> Während Apelles' Kunst Ammendienste versah.
> Tritt nur schnell von dem Bilde zurück, sonst spritzen die Tropfen
> Von dem triefenden Haar noch bis herüber zu dir.
> Wenn für den Apfel dereinst so schön sich Kypris enthüllte,
> Dann hat Pallas fürwahr Troia mit Unrecht zerstört.

Bei weitem das schönste und werthvollste der vier erhaltenen Epigramme ist das des Leonidas von Tarent[22]), der im ersten Jahrhundert n. Chr. lebte, also das Bild in Rom noch sehen konnte und ohne Zweifel auch gesehen hat. Er allein hat Auge und Verständniss gehabt für jenen Zug der Wehmuth, den einzelne plastische Nachbildungen der Anadyomene bewahrt haben, und dass dieser bereits dem Original eigenthümlich gewesen sein muss, geht eben aus seinen Versen hervor:

Als Kypris einst dem Meeresschooss entstiegen war,
Noch rieselte der weisse Schaum an ihr herab,
Da sah Apelles sie, schön und begehrenswerth,
Und nicht gemalt, nein, lebend stellte er sie dar.
Mit zartem Finger presst sie aus das nasse Haar
Und stille Sehnsucht leuchtet aus den Augen ihr
Und wie ein reifend Aepfelpaar der Busen schwillt.
Athena selbst und Hera werden nun gestehn:
O Zeus, wir unterliegen beide in dem Streit.

Drei dieser Epigramme laufen am Ende auf eine Anspielung auf das Urtheil des Paris hinaus, das des Archias scheint durch den Wegfall zweier Zeilen um seinen witzigen Schluss gekommen zu sein; denn der in antiken Epigrammen auf Kunstwerke häufig wiederkehrende und auch in die moderne Poesie übergegangene[23]) Gedanke, dass der Künstler die dargestellte Gottheit mit eigenen Augen gesehen haben müsse, um sie so vollendet darstellen zu können — auch in den Versen des Leonidas findet er sich wieder — kann nicht die einzige Pointe gewesen sein.

VII.

Es ist ungewiss, ob Apelles bis zu seinem Tode in Ephesos seinen Wohnsitz gehabt hat, doch ist dies immerhin das wahrscheinlichste. Hatte ihn doch diese Stadt, deren Kunstschätzen er als Jüngling die ersten anregenden Kunsteindrücke verdankte, in deren Mauern er dereinst unter Ephoros seine ersten Studien gemacht hatte und jetzt als Meister auf der Höhe seines Ruhmes eine lange Reihe von Jahren thätig gewesen war, mit ihrem Bürgerrechte geehrt [1], um seinen gefeierten Namen mit dem ihrigen für immer unzertrennlich zu verknüpfen. Zweimal jedoch, wenn nicht öfter, ist dieser Aufenthalt in Ephesos unterbrochen worden: durch eine Fahrt nach Rhodos und durch einen längeren Besuch in Alexandreia am Hofe Ptolemaeos' I. Die erstere, von der es übrigens unbekannt ist, wann er sie unternommen, ist merkwürdig geworden durch das Zusammentreffen des Apelles mit seinem in Rhodos lebenden grössten Zeitgenossen auf dem Gebiete der Malerei, mit Protogenes von Kaunos.

Dieser hervorragende Künstler behauptete in der Schätzung des Alterthums seinen Platz unbestritten an der Seite des Apelles, und doch sind die Nachrichten über ihn so überaus dürftig, dass es so gut wie unmöglich ist, nachzuweisen, worauf dieser Ruhm sich gründete. Protogenes war von niederer Herkunft und hat, wie es scheint, bis in späte Jahre seines Lebens hinein mit Entbehrungen zu kämpfen gehabt, die jedoch seine Kraft nicht lähmten, sondern im Gegentheil zu solchem Eifer anspornten, dass er wenigstens in der technischen Vollkommenheit das höchste erreichte, was damals zu erreichen war [2]. Und dabei ist es nicht unwahrscheinlich, dass Protogenes Autodidakt war [3]. Dem makedonischen Hofe seine

Dienste anzubieten, wozu ihn sein Talent gewiss berechtigt hätte, und wodurch er sich ein glänzendes Loos hätte bereiten können, verschmähte er, obgleich ihm Aristoteles, der nach seiner Rückkehr aus der makedonischen Königsstadt mit ihm in Athen zusammengetroffen zu sein scheint, dazu rieth [4]. Sein berühmtestes Gemälde, welches selbst neben der Anadyomene des Apelles und neben dem olympischen Zeus genannt wurde, war eine Darstellung des Ialysos, des mythischen Stammheros der gleichnamigen Stadt auf der Insel Rhodos. Es stand ursprünglich im Dionysosheiligthum in Rhodos und kam später nach Rom in den Friedenstempel, wo es wahrscheinlich unter Kaiser Commodus mit verbrannte [5]. An dieses eine Werk hatte Protogenes sieben volle Jahre seines Lebens gewandt und während dieser Zeit eine wahrhaft asketische Lebensweise geführt. Als Apelles das Bild in Rhodos sah, soll er zuerst sprachlos vor Bewunderung davor gestanden, dann aber sein Urtheil darüber in die Worte zusammengefasst haben, dass man auch in der technischen Vollendung ein gewisses Maass einhalten und zur rechten Zeit »die Hand vom Bilde lassen« müsse, wenn nicht jene natürliche und unmittelbare Anmuth, deren er selbst mit Recht sich rühmte, darüber verloren gehen solle [6].

Die Begegnung der beiden Künstler in Rhodos ist besonders deshalb von Bedeutung, weil Apelles bei dieser Gelegenheit dazu beitrug, den Ruhm des Protogenes eigentlich erst zu begründen. Es erscheint auf den ersten Blick befremdlich, dass dies überhaupt nöthig war. Wenn auch die eigentliche Blüthezeit einer einheimisch rhodischen Kunst erst in das dritte Jahrhundert v. Chr. fällt, so hat es doch Rhodos auch vorher nie an Kunstschätzen gefehlt. Zu Protogenes' Zeit besass die Stadt bereits eine Reihe kolossaler eherner Götterbilder von Bryaxis, der zu den Künstlern gehört, welche die Sculpturen am Maussoleum gearbeitet hatten [7]. Auch die berühmte Quadriga mit dem Sonnengotte, welche Lysippos geschaffen, war damals schon aufgestellt [8]. Was für Ephesos der Artemistempel, für Kos das Asklepiosheiligthum war, das war für Rhodos das Dionysion; hier waren am Ende des 4. Jahrhunderts gewiss schon zahlreiche Kunstschätze aufgespeichert [9]. Unter andern befand sich darunter ein dreitheiliges Gemälde des Parrhasios, welches Perseus, Meleager und Herakles darstellte, wahrscheinlich jeden einzeln im Kampfe mit

einem der Ungeheuer begriffen, von denen sie der Sage nach die
Menschheit erlöst hatten [10]). Auch eine Anzahl vortrefflicher Gefässe
mit mythologischen Darstellungen standen hier, welche Mys, einer
der hervorragendsten Toreuten nächst Mentor, ciselirt hatte, derselbe,
von dem auch der Schild der kolossalen ehernen Athena auf der
Akropolis in Athen mit Reliefen geschmückt war [11]). Da es also den
Rhodiern schon damals keineswegs an Anschauung fehlte, so darf
man wohl auch Kunstsinn und Kunstverständniss bei ihnen voraussetzen. Trotzdem war es dem Protogenes, vielleicht in Folge seiner
Niedrigkeit und Armuth, nie gelungen, sich in seiner Heimat —
denn als diese darf man Rhodos betrachten, wiewohl er aus Kaunos
stammte — die verdiente Anerkennung zu verschaffen; er lebte hier
unbeachtet dahin und war oft genöthigt, vortreffliche Werke für
geringe Summen hinzugeben [12]), während er doch über die Grenzen
seines Vaterlandes hinaus offenbar längst als ausgezeichneter Künstler bekannt war. Denn nicht etwa zufällig traf Apelles mit ihm in
Rhodos zusammen, sondern er hatte ihn aufgesucht, er hatte seinet-
wegen die Reise unternommen [13]). Sogar nach Athen war längst der
Ruhm des Protogenes gedrungen, und für Athen war er bereits beschäftigt gewesen: in den Propylaeen der Akropolis befand sich ein
allgemein bekanntes, im Volksmunde gewöhnlich Odysseus und Nausikaa genanntes Bild, welches die Schutzgottheiten zweier athenischer Staatsschiffe, des Paralos und der Ammonias, den ersteren in
Schiffertracht — daher die Verwechslung — darstellte, und welches
Protogenes jedenfalls an Ort und Stelle gemalt hatte [14]). In neid-
loser Bewunderung für die Grösse des Protogenes führte nun Apelles
den Rhodiern ihre ungerechte Vernachlässigung des Künstlers zu
Gemüthe und verhalf ihm zu der lange entbehrten Anerkennung
durch das allerdings drastische Mittel, dass er die Nachricht verbreiten liess, er werde alle fertigen Arbeiten des Protogenes für fünfzig Talente (78,500 Thlr.) aufkaufen und sie dann als Werke seiner
eignen Hand mit bedeutendem Gewinne wieder losschlagen [15]).

Der Aufenthalt des Apelles in A l e x a n d r e i a fällt natürlich
erst nach Alexanders des Grossen Tode. Aegypten war bekanntlich
unter den Feldherren Alexanders an P t o l e m a c o s, den Sohn des
Lagos, gekommen, dieser hatte das ein Jahrzehnd früher angelegte
Alexandreia zu seiner Residenz erkoren und war nun bemüht, auch

seine Herrschaft mit jenem geistigen Luxus zu umgeben, den er am makedonischen Hofe in Pella schätzen gelernt hatte. Er war es, der Alexandreia mit zahlreichen prächtigen Bauten schmückte, der das Museum und die erste grosse Bibliothek gründete, und der, selbst als Schriftsteller thätig, griechische Bildung auf jede Weise begünstigte und verbreitete, · griechische Gelehrte und Künstler in grosser Anzahl an seinen Hof zog. Sein Hofmaler war Antiphilos, ein Grieche aus Aegypten, ein höchst talentvoller Künstler, der aber seine glückliche Begabung [16]) zersplitterte und an alle möglichen Stoffe verschwendete. Bald malte er in höfischer Schmeichelei Prunkstücke wie seine Jagd des Ptolemaeos oder seine Gruppe der Athena, des Philipp und Alexander [17]), bald schwang er sich auf zu hochpathetischen Darstellungen mythologischen Inhalts wie seine Hesione oder sein Hippolyt [18]), bald stieg er wieder, um die Leichtigkeit seiner Technik glänzen zu lassen, herab zu Genrebildern wie seine Spinnstube oder sein feueranblasender Knabe [19]), und selbst vor Carricaturen schreckte er nicht zurück, wie jenes Porträt eines gewissen Gryllos beweist, den er mit Anspielung auf den Namen des Mannes jedenfalls mit einem unverkennbaren Thiertypus dargestellt hatte [20]). Vielleicht hat auch die Malerin Helena, ebenfalls eine in Aegypten geborne Griechin und eine Zeitgenossin Alexanders des Grossen, damals in Alexandreia gelebt. Von ihr ist ein einziges Gemälde, welches die Schlacht bei Issos darstellte, bekannt geworden; es kam durch Kaiser Vespasian nach Rom und kann von dort aus recht wohl das Vorbild für das in Pompeji gefundene Mosaik der Alexanderschlacht geworden sein [21]).

Wahrscheinlich folgte auch Apelles einer Einladung des Ptolemaeos, als er sich nach Alexandreia begab. Wenn die Ueberlieferung einen Seesturm in Scene setzt [22]), durch welchen Apelles nur wider seinen Willen an die aegyptische Küste verschlagen wird, so geschieht dies wohl nur deshalb, um der in mehreren Anekdoten begegneuden Nachricht gerecht zu werden, dass Ptolemaeos dem Apelles nicht eben geneigt und Antiphilos sogar ein erbitterter Gegner von ihm gewesen sei [23]). Apelles kann etwa ein Alter von einigen fünfzig Jahren gehabt haben, als er nach Alexandreia kam. Der Höhepunkt seiner künstlerischen Thätigkeit lag damals entschieden hinter ihm, seine Productionskraft war im Abnehmen begriffen, die Schwingen seines Geistes fingen an zu erlahmen. Dem einen Werke, von dem es wahrscheinlich ist, dass er es in Alexandreia geschaffen — denn dort wurde es noch im zweiten Jahrhundert n. Ch. aufbewahrt und den Fremden gezeigt — liegt bereits eine Idee zu Grunde, die man nicht anders als greisenhaft nennen kann. Es war eine Allegorie der crassesten Art und stellte die Verläumdung dar[24]. Rechts auf dem Bilde sass ein Mann, der zur Bezeichnung seiner thörichten Leichtgläubigkeit mit unverhältnissmässig grossen Ohren gemalt war und die Hand begierig einem Weibe entgegenstreckte, welches auf ihn zukam. Dies war eben die Verläumdung. Sie war dargestellt als eine weibliche Gestalt von gleissender Schönheit und erregt von glühendem Zorn. In der linken Hand schwang sie einer Furie gleich eine lodernde Fackel, mit der rechten schleifte sie einen Jüngling an den Haaren herbei, der die Hände zum Himmel emporstreckte, um die Götter zu Zeugen seiner Unschuld anzurufen. Dem Leichtgläubigen zur Seite standen, wahrscheinlich ihm boshaft in's Ohr flüsternd, zwei weitere weibliche Gestalten, die Unwissenheit und das Misstrauen. Der Verläumderin schritt als Führer der Neid voran, eine männliche Gestalt, bleich, hässlich, abgezehrt und mit stechendem Blick. Zwei weibliche Gestalten folgten ihr nach, sie schmückend und mit Worten und Geberden vorwärts drängend; es waren die Nachstellung und die Täuschung. Ihnen folgte, in ein schwarzes Gewand gehüllt und mit wild aufgelöstem Haar, die Reue. Sie hatte das Haupt zurückgewandt und blickte voll Scham auf die letzte herankommende Gestalt, die das Gemälde auf der linken Seite abschloss — die Wahrheit. Welch eine Grauen erregende Erfindung ist dies, welch eine Verirrung der Phantasie, welch eine rohe Symbolik, welch eine widerwärtige Vermengung von wirklichen Personen und willkürlichen Personificationen! Hier bricht jene Neigung zur sinnbildlichen und allegorischen Darstellungsweise, zu der wahrscheinlich der erste Funke vom Heerde des sikyonischen Kunstlebens in die Seele des Apelles gefallen war, und die schon in seinen früheren Schöpfungen bald mehr bald minder grell aufflackerte, zur hellen Flamme aus, hier, wo nicht mehr die heitre, anmuthige Phantasie des Jünglings und des Mannes, die eine Artemis im Kreise ihrer holden Priesterinnen und eine Anadyomene schuf, sondern die kühle und zugleich erkältende Reflexion des greisen Künstlers thätig war. Zwei Verdienste mag das Gemälde aber immerhin gehabt haben : eine scharfe Ausprägung der dargestellten Charaktere in den Gesichtszügen und eine virtuose Behandlung der Farben- und Lichtwirkungen. Man male sich nur im Geiste das zornglühende Gesicht der Verläumdung aus, das schreckenbleiche Antlitz des unschuldig Verläumdeten, und die kalten fahlen Züge des Neides, und alles dies in dem düstern Lichte der Fackel, welche die Scene beleuchtete; welcher Reichthum des Colorits kann hier entfaltet gewesen sein. In der Gruppirung war aber auch in diesem Bilde trotz der grossen Figurenanzahl jedenfalls nichts hervorragendes geleistet; die einzelnen Gestalten waren offenbar einfach reliefartig neben einander geordnet [25]).

Man könnte fast geneigt sein, die einstmalige Existenz dieses Bildes oder wenigstens die Autorschaft des Apelles in Zweifel zu ziehen [26]), wenn nicht eben so sicher wie dieses Gemälde noch ein Seitenstück dazu von der Hand des Apelles überliefert wäre, welches der inneren Verwandschaft wegen vielleicht hier mit Recht seinen Platz findet, obgleich über Zeit und Ort seiner Entstehung nichts bekannt ist. Dies war eine allegorische Darstellung des Gewitters : drei weibliche Schreckgestalten, die Bronte, die Keraunobolia und die Astrape, also Donner, Wetterleuchten und Blitz waren hier zu einer Gruppe vereinigt [27]). Auch hier kam jedenfalls Alles auf charakteristisch grässlichen Ausdruck der Gesichter und auf eine blendende Wirkung durch Costüme und Attribute, Beleuchtung und Colorit an. Ausser diesen beiden Gemälden ist noch ein Porträt von Apelles' Hand aus seinem aegyptischen Aufenthalte bekannt geworden. Es stellte einen Schauspieler der Tragödie, Namens Gorgosthenes dar und befand sich noch in der Kaiserzeit in Alexandreia [28]).

Solcher Art also, fragt man sich erstaunt, waren die Leistungen der Malerei am Hofe der Ptolemäer? Und doch, wenn die Malerei überhaupt jemals in Alexandreia von Bedeutung gewesen ist, so war sie es noch unter dem ersten Ptolemaeos, also in der Zeit, da Antiphilos, Apelles, vielleicht Helena und einige untergeordnetere Künstler dort verweilten. Schon die nächsten Nachfolger des Ptolemaeos zogen es vor, Kunsteinkäufe im Mutterlande zu machen, und es kann kaum zufällig sein, dass sie dabei namentlich auf

Sikyon und die damals noch immer dort bestehende Malerschule ihr
Augenmerk richteten [29] : dem Apelles wird das Verdienst gebühren,
bei seiner Anwesenheit in Alexandreia den Hof auf die Leistungen
dieser Schule, welcher er selbst so viel verdankte, hingewiesen zu
haben. Wie entsetzlich der Geschmack bei den einheimischen
alexandrinischen Künstlern im Sinken war, das beweist am besten
jener Galaton, der unter der Herrschaft Ptolemaeos' IV. Philopator,
221—204, die Geschmacklosigkeit und die Frechheit hatte, das
geistvolle Wort des Aeschylos, seine Tragödien seien nur Stücke
von der Mahlzeit Homers, und die damit ausgesprochene Abhängigkeit der tragischen Poesie der Griechen von der epischen [30] in einem
Bilde zu parodiren, welches den Homer darstellte, wie er sich er-
bricht, und die übrigen Dichter um ihn, wie sie wieder zu sich
nehmen, was jener von sich gegeben. Und dieses Bild, ein würdiges
Seitenstück zu den Geburtswehen des Zeus, die Apelles' Bruder
Ktesilochos gemalt hatte, war womöglich in Alexandreia im Heiligthum des Homer neben der Bildsäule des Dichters öffentlich aufgestellt [31].

Ueber das Lebensende des Apelles ist ebenso wenig etwas überliefert, wie über seine erste Jugend. Vielleicht kehrte er von
Aegypten noch einmal nach Ephesos zurück, vielleicht starb er um
das Jahr 310, vielleicht in Kos [32], der Stadt, für die er bis zuletzt
noch thätig war. Doch dies sind nur Vermuthungen, für deren Rich-
tigkeit es keine Gewähr giebt. Während Apelles noch mit einem
Gemälde beschäftigt war, womit er alle seine bisherigen Leistungen
in den Schatten zu stellen und selbst seine Anadyomene zu über-
bieten hoffte, ereilte ihn der Tod. Er hatte im Auftrage der Stadt
Kos begonnen, eine zweite Aphrodite zu malen. Das Haupt
und der obere Theil der Brust waren ausgeführt, das Uebrige nur
erst angelegt; die Arbeit blieb Fragment, es wollte sich Niemand
finden, der sie vollendete [33]. Wenn nicht Alles trügt, so ist auch
dieses Gemälde ein Beweis dafür, dass Apelles nicht in ungeschwäch-
ter künstlerischer Kraft aus dem Leben trat. Die Aufforderung,
zurückzugreifen auf einen schon einmal behandelten Gegenstand
und sich selbst zu wiederholen, die doch in dem Auftrage der Koer
lag, würde Apelles vielleicht in der Vollkraft seines künstlerischen
Schaffens von der Hand gewiesen haben. Aber auch dem letzten

Fragmente des Meisters versagte das Alterthum nicht seine Bewunderung. Mit schönen Worten spricht es Plinius aus: [34] »Gerade dadurch, dass uns unvollendete Kunstwerke immer dazu nöthigen, schmerzvoll der mitten in ihrer Thätigkeit erkalteten Künstlerhand zu gedenken und die weiteren Ideen und Entwürfe im Geiste zu ergänzen, gewinnen sie einen eigenthümlichen Reiz, der unsre Bewunderung für sie nur steigert«. Das ist dieselbe Empfindung, die uns die räthselhaften Trümmer manches herrlichen antiken Bildwerkes einflössen, derselbe Reiz, der uns immer und immer wieder vor Werke wie die Aphrodite von Melos, die knieende Jünglingsfigur der Münchner Glyptothek, den Torso vom Belvedere hinzieht. Hier hat die Zeit zerstört, was dort der Tod abschnitt.

VIII.

Wie nach der Tragödie das Satyrspiel, so nimmt man nach der
Geschichte eines Künstlers wohl auch die K ü n s t l e r a n e k d o t e
hin. Freilich ist ihr kunstgeschichtlicher Werth gering; denn es ist
gewiss in den meisten Fällen eine Täuschung, wenn man mit ihrer
Hülfe irgend eine Seite der künstlerischen Eigenthümlichkeit eines
Künstlers erschliessen zu können glaubt. Zu dieser Ueberzeugung
gelangt man wenigstens, sobald man die schriftlichen Quellen der
antiken Kunstgeschichte einmal bei Seite legt und dafür in den
alten Malerbüchern der Italiener und Deutschen blättert. Ueberall
begegnen da dieselben märchenhaften Nachrichten: über die erbärm-
lich niedrige Herkunft der grössten Künstler, über die wunderbare
Naturwahrheit ihrer Werke, wodurch sich Thiere und Menschen
täuschen lassen, über erstaunliche Leistungen in der Geschwindmalerei, über grässliche Experimente mit lebenden Modellen, überall
dieselben Virtuosenstückchen, dieselben epigrammatisch zugespitz-
ten Kunsturtheile, dieselben Bonmots, dieselben Künstlernarrheiten,
wie in der antiken Kunst. Wie Lysippos ursprünglich ein gewöhn-
licher Erzarbeiter war und Protogenes sich durch Anstreichen von
Schiffen seinen Unterhalt erwarb, so vertauschte Giotto den Schäfer-
stab, Polidoro da Caravaggio die Maurerkelle, Quintin Messys die
Feuerzange mit Pinsel und Palette. Die allbekannte Geschichte von
den Trauben des Zeuxis, nach denen die Vögel flogen, und dem
Vorhange des Parrhasios, durch den sich selber Zeuxis täuschen
liess, steht schon im Alterthume nicht vereinzelt da; bei Gelegenheit
von öffentlichen Spielen, die Claudius Pulcher in Rom anstellte,
flogen auch die Krähen nach den gemalten Dachziegeln der Bühnen-
decoration [1]. Aber wie oft kehren diese Geschichten erst in der mittel-

alterlichen Kunst wieder: auf Tritt und Schritt begegnet man ihnen
da. Von Giotto wird erzählt, er habe »in seiner Jugend auf die Nase
einer Figur, die sein Meister Cimabue gemahlet, eine Fliege gemacht,
so natürlich, dass, da der Meister wieder an die Arbeit kame, sel-
bige zu vollenden, er diese Fliege etlichmal mit der Hand weg-
jagen wollen und erst lezlich, als sie nicht wieche, ersehen, dass er
betrogen und sie gemahlet ware«. Philippino Lippi brachte in einem
gemalten Altar ein Loch an, aus dem eine Schlange kroch. Dies
hatte er so täuschend gemalt, dass »einsmals auf den Abend einer
seiner discipeln selbsten sich daran betrogen, indem er, auf ver-
merktes Anklopffen für der Thür, eilend etwas darein verbergen
wollen«. An einem Hunde, den Francesco Monsignori in einem
Wandgemälde angebracht, rannte sich ein andrer Hund den Kopf
ein, der den gemalten für das Original hielt, mit welchem er in
bittrer Feindschaft lebte. Derselbe Künstler malte in einem Madon-
nenbilde den Arm, den das Christuskind um den Hals der Mutter ge-
schlungen hatte, so naturwahr, dass ein Vogel darnach flatterte, um
sich darauf zu setzen, und obgleich er zu Boden fiel, doch »zum
öftern von der Erden sich aufschwange und darauf zu kommen ver-
meinte«. Auch in einem Säulengange Le Maire's war eine so vortreffliche Perspective, dass die Sperlinge hindurchfliegen wollten
und sich die Köpfe einstiessen. Allein was ist das Alles gegen Gio-
vanni da Udine, der die Leistungen des Zeuxis und Parrhasios mit
einander verbinden konnte? Denn als er Raphael in den Arabesken
der Logen unterstützte, malte er nicht bloss Trauben, von denen die
Vögel naschen wollten, sondern auch einen Vorhang so täuschend,
dass, als der Papst kam, die Malereien zu sehen, ein päpst-
licher Diener hinzulief, um den Vorhang aufzuheben. Beispiele von
Geschwindmalerei kehren allenthalben wieder. Die Griechen hatten
ihren Nikomachos, der, als er die Malereien am Grabmale des
Telestes übernommen und sich dem sikyonischen Tyrannen verpflichtet hatte, sie bis zu einem bestimmten Termin zu vollenden,
sich erst lange Zeit nicht blicken liess, dann wenige Tage vor dem
Termin sich einstellte und seine Aufgabe doch trefflich löste [2], die
Italiener ihren Fa Presto und die Deutschen schon in der Mitte des
15. Jahrhunderts das Seitenstück zu beiden in dem Augsburger
Meister Schnellaweg. Und wie Pausias sich rühmte, das Bild eines

Knaben in einem Tage vollendet zu haben, und es darum »Hemere-
sios«, das Eintagsbild nannte[3]), so brüstete sich Teniers mit seinen
»après-soupers«, die er zwischen Abendessen und Schlafengehen
fertigte. Parrhasios soll, um seinen gefesselten Prometheus recht
naturwahr malen zu können, sich einen Kriegsgefangenen gekauft
und gefoltert haben[4]), und in ähnlicher Weise fabelte man von
Michel Angelo, dass er als Modell zu einem gekreuzigten Christus
einen Menschen an's Kreuz gebunden und ihm die Seite durch-
stochen habe. Monsignori hatte zu seinem Sebastian einem Manne
die Glieder in der nöthigen Stellung festgebunden; während er
malte, stürzte auf Verabredung plötzlich sein Gönner, der Marggraf
von Mantua, mit Bogen und Pfeil herein und drohte den Gebundenen niederzuschiessen. Bleich vor Schrecken zerrte dieser verzweif-
lungsvoll an seinen Fesseln, und Monsignori hatte sein gewünschtes
Modell. Wenn Parrhasios einen Krieger malte, der »so in den Kampf
stürmt, dass er zu schwitzen scheint«[5]), so -brachte Masaccio in
einem Bilde »eine nackende Person an, deren Frost so natürlich gebildet ist, dass sie für grosser Kälte zu zittern scheinet«. Das Witzwort des Apollodoros, Zeuxis habe ihm die Kunst geraubt und trage
sie nun mit sich umher[6]), findet seinen Doppelgänger in dem Vorwurfe, den sich Franz Floris, der flandrische Raphael, von seinem
Meister Lambert Lombard machen lassen musste, »dass er von
Jugend auf ein fürtrefflicher Dieb gewesen sei, der ihm die Kunst
mit Wollernen abgestohlen habe«[7]). Selbst einzelne Künstler-
schrullen finden sich paarweise zusammen. Als Demetrios Poliorketes
im Jahre 304 v. Chr. Rhodos belagerte, liess sich Protogenes, der vor
der Stadt in einem armseligen Gartenhäuschen sein Atelier hatte,
nicht im geringsten durch die Sturmversuche der Belagerer in seiner
Malerei stören, trotzdem dass sich das feindliche Lager in grösster
Nähe befand. Und wirklich verschonte ihn der König, als er von
dem Gleichmuthe des Künstlers gehört hatte[8]). So fanden auch im
Jahre 1527 die Spanier und Deutschen, als sie unter dem Connetable
von Bourbon Rom stürmten, den Parmegianino ruhig an einer Madonna malend; er hatte sich weder um den Donner der Geschütze
noch um das Angstgeschrei des Volkes in den Strassen gekümmert,
und auch ihm thaten die plündernden Soldaten nichts zu leide.
Turpilius, ein römischer Ritter aus der ersten Kaiserzeit, capricirte

sich darauf, nur mit der linken Hand zu malen[9], und dem Niederländer Leckerbetien trug dieselbe Fertigkeit den Beinamen »Manciol«, das Händchen ein. Theon hatte einen Krieger gemalt, der mit der Rechten das Schwert schwingend, links mit dem Schilde sich deckend zum Angriffe stürmt. Ehe er aber den Vorhang von dem Bilde wegzog und es den Leuten zeigte, musste allemal ein Trompeter ein Angriffssignal blasen[10]. So rührte der Schlachtenmaler Estévan March immer erst die Trommel zu einem Sturmmarsch, und dann erst griff er nach dem Pinsel, um sich an seine Schlachtengemälde zu setzen. Der Unterschied ist nur, dass der antike Künstler seinem Publicum, der moderne sich selbst eine lebhaftere Illusion bereiten wollte.

Aber wenn auch diese Künstleranekdoten für die Kunstgeschichte unbrauchbar sind, so haben sie doch einigen culturgeschichtlichen Werth[11]. Denn so wenig es zufällig ist, dass in der modernen Kunst eigentlich erst im 16. Jahrhundert die wahre Blüthezeit dieser Märchen beginnt und auch die auf ältere Künstler bezüglichen zum grossen Theil wohl erst damals entstanden sind, so bezeichnend ist es auch, dass sie in der hellenischen Kunst erst während des peloponnesischen Krieges auftauchen. Es muss schon ein gewisser Subjectivismus sich der Kunst bemächtigt haben, der Künstler muss als Individuum auch in den Augen der Menge vom Handwerk losgelöst und darüber emporgehoben sein, er muss persönlich interessiren, wenn sich ein Sagenkreis an seine Gestalt anlegen soll. Und wie sich diese Wandlung in der modernen Kunst im Zeitalter der Reformation vollzog, so hängt sie im Alterthum zusammen mit der Entfesselung der Subjectivität, die in allen Aeusserungen des geistigen Lebens die Zeit des peloponnesischen Krieges brachte.

Unter all den Anzeichen, in denen sich dieser Umschwung offenbart, ist es neben dem Aufkommen der Künstleranekdoten namentlich noch eins, das hervorgehoben zu werden verdient. Apelles soll auch sein eignes Porträt gemalt haben[12]. Nun scheint zwar die Sitte, als Künstler sich selbst zu porträtiren, wenn die Seltenheit, womit dies überliefert wird, nicht eine rein zufällige ist, im Alterthume bei weitem nicht so häufig gewesen zu sein, als in der modernen Kunst. Allein es liegt doch eine gewisse Uebereinstimmung darin, dass auch in Griechenland in der älteren Zeit die

Künstler, frei von Eitelkeit und Ehrgeiz, ihre Person niemals zum
selbständigen Kunstobjecte machten, sondern ihr immer nur einen
bescheidenen Platz an der Seite eines grösseren Kunstwerkes an-
wiesen, gleichsam um ihr »ipse fecit« auf diese Weise auszudrücken,
geradeso wie die mittelalterlichen Maler sich selbst höchstens als
Beter oder bescheidne Zuschauer im Winkel irgend einer figurenreichen Composition anzubringen wagten. Bathykles, der den berühmten Thron des Apollon in Amyklae entwarf, ging in seiner
Zurückhaltung so weit, dass er in dem Sculpturenschmucke dieses
Kunstwerkes vielleicht nicht einmal sein eignes, sondern nur die
Porträts seiner ihm untergeordneten Mitarbeiter anbrachte [13]. Am bekanntesten ist, dass Phidias in der Amazonenschlacht, die in Relief
den Schild seiner Athena Parthenos schmückte, sich selbst als kahl-
köpfigen Alten, mit beiden Armen ein Felsstück schleudernd, unter
den kämpfenden Hellenen darstellte. Cheirisophos stellte in alter
Zeit schon dem vergoldeten Holzbilde, welches er für den Apollon-
tempel in Tegea gefertigt hatte, sein eignes Standbild aus Marmor
an die Seite [14]), und ähnlich brachten in späterer Zeit zwei argivi-
sche Künstler, Xenophilos und Straton, neben einer Marmorgruppe
des Heilgottes Asklepios und der Hygieia, die sie für Argos gearbeitet, ihre eignen Gestalten in sitzender Stellung an [15]). Sieht man
aber von der höchst fabelhaften Notiz ab, dass bereits der alte Erz-
giesser Theodoros von Samos seine eigne Statue gemacht habe, die
in der Rechten eine Feile, in der Linken eine Fliege hielt, welche
mit ihren Flügeln ein winzig kleines Viergespann sammt dem
Wagenlenker bedeckte [16]), so ist Parrhasios der erste Künstler, von
dem überliefert ist, dass er sein eignes Porträt als selbständiges
Kunstwerk malte. Aber wie wunderbar: derselbe Künstler, dem es
doch sonst wahrlich nicht an virtuosenhafter Eitelkeit und Anmassung
fehlte, nannte sein Bild »Hermes«, und gab, »um sich den Vorwurf
der Eigenliebe nicht zuzuziehen«, vor, er habe wirklich den Gott
malen wollen und habe ihm nur seine, des Künstlers, Züge gegeben [17]). Apelles ist der erste, von dem einfach berichtet wird, dass
er sein Porträt gemalt habe. Sonst hören wir nur noch von einer
Malerin des 1. Jahrhunderts v. Ch., Iaia, dass sie »ihr eignes Bildniss vor dem Spiegel« malte [18]).

Wie hier in der Kühnheit, sich selbst zu porträtiren, so spricht

6 *

sich nun auch in jenen Künstleranekdoten die völlig veränderte sociale Stellung aus, welche Kunst und Künstler in Griechenland seit dem peloponnesischen Kriege und mehr noch, seit der makedonische Hof und in seinem Gefolge die Diadochenhöfe ihren Einfluss geltend machten, einnahmen. Von Polygnot, dem schlichten, ernsten Meister Maler der kimonischen Zeit, weiss Niemand etwas zu erzählen, was einer Anekdote ähnlich sähe; er war noch ein bescheidner, wenn auch bürgerlich hochgeehrter Demiurg. Welch eine Fülle von Mythen hat dagegen schon das vornehme, ehrgeizige, weltmännische Auftreten des Zeuxis und Parrhasios erzeugt. Aber bei keinem Künstler des Alterthums sind die schriftlichen Nachrichten so mit anekdotenhaften Zügen versetzt, wie bei Apelles. Wie ein dürftig belaubter Stamm von üppigen Schlingpflanzen umrankt wird, anmuthig und dennoch gefahrvoll, so sind in der antiken Ueber-lieferung alle Lücken des fragmentarischen Bildes, das sich von dem Leben des Apelles entwerfen lässt, von gefälligen, aber trügerischen Märchen überwuchert. Als Beweis für die ausserordentliche Popularität, die Apelles im Alterthume genoss, ist es aber immerhin anziehend, auch diesen Sagenkreis im Zusammenhange zu überblicken.

Was jemals über erstaunliche Technik eines Künstlers gefabelt worden ist, das gipfelt in jener bekanntesten aller Künstleranekdoten, welche an die Begegnung des Apelles und Protogenes geknüpft ist. Apelles, heisst es, kam nach Rhodos und eilte sogleich in die Werkstatt des Protogenes. Dieser war zufällig abwesend und nur ein altes Mütterlein behütete seine Staffelei, auf welcher eine neue, zum Malen erst vorbereitete Tafel stand. Als die Alte fragte, welchen Namen sie ihrem Herrn bei seiner Rückkehr nennen sollte, nahm Apelles, anstatt zu antworten, einen Pinsel, zog aus freier Hand eine feine Linie über die Tafel und verliess dann die Werk-statt. Sobald Protogenes kam und erfuhr, was sich zugetragen, zweifelte er keinen Augenblick, dass Apelles in Rhodos sei; denn wer ausser ihm hätte dergleichen leisten können? Dann aber zog Protogenes mit andrer Farbe mitten in jene Linie hinein eine zweite noch feinere und — ging wiederum hinweg mit dem Auftrage, dem Apelles, wenn er wiederkomme, zu sagen: das sei der, den er suche. Apelles kam zum zweiten Male und theilte, um sich nicht übertreffen zu lassen, die Linie des Protogenes flugs noch einmal mit einer dritten Farbe. Nun bekannte sich Protogenes für überwunden, eilte in den Hafen, wo Apelles weilte, und begrüsste seinen grossen Nebenbuhler. Auf die Tafel aber wurde weiter nichts gemalt; leer wie sie war und nur von den drei Linien durchschnitten wurde sie der Nachwelt aufbewahrt. Wem fiele nicht hierbei die Geschichte von der Kreislinie ein, welche Giotto anstatt eines Gemäldes dem Papste zu seiner Empfehlung schickte? Auch hier also fehlt es nicht an der modernen Parallele. Aber so überaus unwahrscheinlich das Märchen von den drei Linien auch klingt, so gab es doch in der römischen Kaiserzeit Leute, die alles Ernstes an die ehemalige Existenz dieses Wunderwerkes glaubten und die Tafel sogar in Rom gesehen haben wollten, ehe sie bei einer Feuersbrunst mit vernichtet worden sei [19].

Die bewundernswürdige Naturwahrheit in den Gemälden des Apelles wird in mehreren Geschichten gefeiert. Die eine davon verräth sich schon dadurch, dass sie von den Alten in sehr verschiedener Weise erzählt wird, einigermassen als eine landläufige Künstleranekdote des gewöhnlichsten Schlages. Als Alexander nach seinem Einzuge in Ephesos sich sein Reiterbild betrachtete, würdigte er die Malerei nicht nach Gebühr. Da liess Apelles das Pferd des Königs in das Atelier führen, und da dieses beim Anblicke des Bildes sofort ein lautes Gewieher erhob, bemerkte der Künstler nicht eben höflich: »Dein Pferd, mein Fürst, scheint mehr Kunstverständniss zu besitzen als du selbst« [20]. Andere führen die Geschichte in beliebter Weise auf einen jener Künstlerwettstreite zurück, woran im Alterthum vielfältig Anekdoten geknüpft sind. Nach ihnen handelte es sich um ein blosses Pferd, wegen dessen unparteiischer Beurtheilung Apelles den ungerechten Nebenbuhlern gegenüber an die Thierwelt appellirte. Und um die Geschichte recht glaublich zu machen, wird sogar ausdrücklich versichert, dass der Versuch auch später öfter mit dem Bilde wiederholt worden und immer gelungen sei [21].

Besonders willkommne Gelegenheit zur Erfindung solcher Märchen, in denen die Naturwahrheit gepriesen werden soll, musste bei Apelles natürlich die Porträtmalerei geben, da sie ja über die Hälfte seiner ganzen künstlerischen Thätigkeit ausmacht, und da es bei ihr vor allen Dingen auf sprechende Treue ankam. Phrenologen oder Physiognomen, sagte man, — Metoposkopen hiessen sie übrigens im Alterthum — hätten aus den Porträts des Apelles nicht allein, was sich von selbst versteht, das Alter bestimmt, in welchem sich die betreffenden Personen hatten malen lassen, sondern auch ihr Todesjahr vorhergesagt; so völlig vermochten diese Bilder die Wirklichkeit zu ersetzen [22]. Als Apelles sich in Alexandreia aufhielt, wollten ihm seine Neider am Hofe des Ptolemaeos einen Streich spielen. Sie stifteten also den königlichen Possenreisser an, Apelles an den Hof zur Tafel zu laden. Arglos erschien der Künstler, wurde vom König ungnädig bemerkt und, als er sich entschuldigte, aufgefordert, den zu nennen, der ihn geladen habe. Da ergriff er eine Kohle und zeichnete einen Gesichtsumriss an die Wand, der unverkennbar den Hofnarren darstellte [23]. Wie Apelles hier seine Ehre rettet, so gewinnt ein italienischer Maler durch gleiche Geschicklichkeit die Freiheit wieder. Als Philippo Lippi »einsmals mit etlichen seinen Freunden auf das Meer spatzieren gefahren, wurden sie von den Barbarischen Raub-Schiffen erdappet, zu Sclaven gemacht und in den Fesseln in Barbarien gebracht. Als er aber seinen Herrn durch oftmaliges Anschauen wol in Sinn gefasset, contrefätete er ihn Lebensgrösse mit einer Kohle auf eine weise Mauer: Seine Mit-Sclaven solches ersehend, zeigten es ihrem Herrn an, der sich dann höchlich über solche Kunst verwundert und diesen Künstler seiner Fesseln entbürdet, auch mit freyem Geleit wieder nach Neapoli geschicket hat«.

Zu der wunderlichsten Fabel haben insbesondere die Alexanderporträts Veranlassung gegeben. Obgleich Apelles der einzige Maler war, der im Solde des Königs stand, so war er doch natürlich keineswegs der einzige, der den König bei Lebzeiten bildlich darstellte. Es gab andre Künstler genug, die der jugendliche Held durch seine Persönlichkeit, durch seine Thaten und Erlebnisse zu künstlerischen Leistungen begeisterte. Nikias malte einen Alexander, der so gut wie die Gemälde des Apelles noch in der Kaiserzeit in Rom bewundert wurde: man zeigte ihn im Porticus des Pompejus [24]. Im Porticus des Philippus stand ein zweites Bild, welches Alexander als Knaben darstellte; ein drittes, schon oben erwähntes, worin er mit seinem Vater Philipp und der Göttin Athena gruppirt war, befand sich in einem Nebenzimmer des Porticus der Octavia; diese beiden waren von der Hand des Antiphilos, des Nebenbuhlers und Gegners des Apelles [25]. Sogar die Vermählung Alexanders mit Rhoxane', der baktrischen Fürstentochter, die .im Anfange des Jahres 327 in Sogdiana stattfand, hatte ihren Künstler gefunden: Aëtion stellte den König mit Rhoxane im Brautgemache dar [26]. Zuletzt, nachdem Alexander bis Indien vorgedrungen war, entschloss sich sogar noch Protogenes dazu, ihn zu malen, der vorher selbst auf Aristoteles' Zureden nicht zu bewegen gewesen war, mit seiner Kunst dem Könige zu huldigen; und zwar stellte er ihn an der Seite des bocksfüssigen Pan dar, indem er ihn, mit deutlicher Anspielung auf jenen Mythus, worin der »indische Bakchos« mit seinen Satyrn, Silenen und Maenaden in rauschendem Triumphzuge sich den Orient unterwirft, den König gleichsam zu einem andern Dionysos stempelte [27]. Aber wiewohl auch diese Künstler es nicht an jenen Mitteln fehlen liessen, durch welche Apelles dem Könige nicht minder wie dem sinkenden Geschmacke seiner Zeit schmeichelte, wiewohl auch Aëtion das Brautgemach mit einem ganzen Haufen tändelnder Liebesgötter füllte, Antiphilos die ernste Göttin der Weisheit und Tapferkeit bemühte, vom Olymp herabzusteigen und sich in irdische Gesellschaft zu mischen, und Protogenes sogar den König apotheosirte wie Apelles, so mussten doch natürlich die Bilder desjenigen Künstlers, der Jahre lang in der Umgebung Alexanders gelebt hatte, mit grösserer Meisterschaft ausgeführt sein, als die Arbeiten derjenigen, die Alexander seltner gesehen hatten, die vielleicht nur auf Grundlage andrer Porträts ihre Darstellungen componirten oder am Ende gar blosse Phantasiegebilde schufen. Apelles verstand es doch, wie kein zweiter, die wahrhaft bedeutenden und wesentlichen Züge in der Persönlichkeit Alexanders zu betonen, und ihnen jene nur auf den ersten Blick vielleicht auffälligen aber unwesentlichen Züge, an welchen andre Künstler haften blieben, in discretester Weise einzuordnen. So konnte sich leicht in der öffentlichen Meinung das Urtheil befestigen, dass eigentlich nur die Alexanderporträts von der Hand des Apelles für voll und echt angesehen werden dürfen, dass nur dieser Künstler es verstanden habe, den König wahrhaft vollendet darzustellen. Daraus entwickelte sich schliesslich die seltsame Fabel, Alexander habe geradezu durch ein Edict verboten, dass irgend ein Maler ausser Apelles ihn abzubilden wage. Und nicht auf die Malerei allein erstreckte sich dieses angebliche Gesetz, auch

·auf die statuarische Kunst und sogar auf die Gemmenschneiderei wurde es ausgedehnt: dasselbe, was man von Apelles erzählte, soll auch für Lysippos, den Hofbildhauer, und für Pyrgoteles, den Hofedelsteinschneider gegolten haben [28]). Dabei ist auch hier weder die Thätigkeit des Leochares berücksichtigt, noch bedacht, dass ja auch Euphranor noch in seinen alten Tagen es sich nicht nehmen liess, Philipp und den jugendlichen Alexander auf Viergespannen statuarisch darzustellen [29]), dass Chaereas, ein sonst unbekannter Künstler, der aber vermuthlich ebenfalls zu Alexanders Zeit selbst thätig war, Erzstatuen des Königs und seines Vaters schuf [30]), dass endlich auch Euthykrates seinen Alexander auf der Jagd, der in Thespiae stand, jedenfalls noch bei Lebzeiten des Königs arbeitete — übrigens in deutlicher Anlehnung an seinen Vater Lysippos, die sich nicht bloss in diesem einen Werke ausspricht [31]). Das seltsame und gar nicht durchführbare Verbot Alexanders ist nichts als eine Anekdote. Kein Wunder, dass auch sie in der mittelalterlichen Kunst ihre Analogie findet. Von Tizian wurde in gleicher Weise erzählt, dass es nur ihm gestattet gewesen sei, Carl V. zu malen. Und wie viele Porträts dieses Königs wurden von andern Malern noch bei seinen Lebzeiten, sogar auf seine Veranlassung gefertigt. Dass Alexander selbst die Porträts, die Apelles von ihm malte, natürlich eben so hoch schätzte, wie die Menge, auch dafür hat die Anekdote gesorgt. Für die Apotheose mit dem Blitze, über die im Volksmunde das Wort galt: »Es giebt zwei Alexander, den unüberwindlichen Sohn des Philipp und das unnachahmliche Bild des Apelles« [32]), soll der König dem Künstler zwanzig Talente (31,400 Thlr.) haben auszahlen lassen, eine Summe, die ihm mit echt orientalischer Ueberschwänglichkeit nicht zugezählt, sondern zugewogen wurde [33]).

Endlich cursirte auch über die technischen Mittel, durch welche Apelles seine so erstaunliche Naturwahrheit erreicht habe, eine höchst fabelhafte Notiz, die jedenfalls erst in sehr später, wahrscheinlich römischer Zeit entstanden ist. Als man in Griechenland begann, auf allen denkbaren Gebieten geistiger Production wissenschaftlich zu ordnen und zu systematisiren, wobei die Lücken der Ueberlieferung freilich oft sehr unwissenschaftlich ausgefüllt wurden, als man an tausenderlei Dinge mit der Frage hinantrat: Wer

hat das zuerst gemacht? da fing man auch an, sich um die Ursprünge
der Malerei zu kümmern. Es entstanden Nachrichten wie die, dass
Ekphantos von Korinth sich aus zerriebenen Thonscherben die erste
Farbe bereitet habe. Dann sollte es eine ganze Classe von Mono-
chromatisten gegeben haben, Malern, die noch auf der Stufe des
Ekphantos stehend, sich mit einer einzigen Farbe behalfen ³⁴). Als
eine spätere Entwickelungsstufe stellte man die Vierfarbenmaler auf,
die mit melischem Weiss, dem berühmten hellen attischen Ocher,
der in den laurischen Silberbergwerken gewonnen wurde, der pon-
tischen rothen Sinopeerde und einer nicht näher bestimmten Tusche
alle ihre Meisterwerke geschaffen hätten ³⁵). Dass es einmal Maler
gegeben habe, die wirklich nicht mehr als vier Farben anwandten,
wer möchte dies geradezu bestreiten? wiewohl der Gebrauch des
Purpurs älter als alle hellenische Tradition ist. Nur müssten sie sehr
früh angesetzt werden, denn bereits bei Polygnot lässt sich ein
reicheres Colorit nachweisen ³⁶). Uebereifrige Kunstkenner aber der
römischen Zeit, mit deren kunstgeschichtlichen Kenntnissen es freilich nicht besonders bestellt sein mochte, und die um kleine chro-
nologische Differenzen unbesorgt Polygnot wie Apelles kurzweg
unter die »alten« Maler rechneten und wahrscheinlich sehr wenig
oder gar nichts von den Werken dieser Künstler mit eignen Augen
gesehen hatten, gingen dann so weit, auch Polygnot, Zeuxis,
Timanthes, Nikomachos den Vierfarbenmalern zuzuzählen. Das Be-
streben, recht nachdrücklich darzuthun, dass die Malerei früher bei
unentwickelter Technik vorzüglicheres geleistet habe, als jetzt, wo
der ungeheure Aufwand von Mitteln in schreiendem Missverhältniss
zu dem Kunstwerthe der damit geschaffenen Gemälde stehe ³⁷), ver-
führte sie zu dieser Uebertreibung, und die Menge sprach es natürlich nach. Und so konnte es nicht fehlen, dass man auch dann,
wenn man sich in Lobsprüchen über Apelles erging, gar weislich
hinzufügte: » Wir wollen aber nicht vergessen, dass dieser Künstler
alle seine berühmten Gemälde nur mit vier Farben malte« ³⁸).

Bei einzelnen Bildern des Apelles sind ganz besondre Geschichten über ihre Entstehung erfunden worden. [Fremde, die Alexandreia besuchten, und denen die Allegorie der Verläumdung gezeigt
wurde, bekamen von ihrem Cicerone ein ausführliches Märchen
darüber erzählt. Apelles, so hiess es, wurde einst von seinem

Nebenbuhler am alexandrinischen Hofe, Antiphilos, verläumdet, er habe sich an der von Theodotas in Tyros gegen die Herrschaft des Ptolemaeos angezettelten Verschwörung betheiligt. Antiphilos brachte irgend einen Menschen zur Stelle, der vorgab, es mit eignen Augen gesehen zu haben, wie Apelles in Tyros neben Theodotas bei Tafel gesessen und während der ganzen Mahlzeit heimlich mit ihm gesprochen habe. Apelles trüge die Schuld am Abfall von Tyros wie an der Wegnahme von Pelusion. Ptolemaeos liess sich durch diese abgeschmackte Verläumdung in die höchste Aufregung bringen, überlegte weder, dass die Anklage aus dem Munde eines Neiders komme, noch dass die Stellung des Apelles viel zu wenig einflussreich sei, um solche Verrätherei anzustiften, und dass der Künstler, den er vor anderen Kunstgenossen so bevorzugt habe, unmöglich so undankbar sein könne; nicht einmal darnach fragte er, ob Apelles wirklich Alexandreia verlassen habe und in Tyros gewesen sei, sondern er überliess sich rücksichtslos seinem Zorne, tobte im Palast einher und schrie über den Undankbaren, den Verräther, den Verschwörer. Und wenn nicht einer der Mitverhafteten voll Erbitterung über die Schamlosigkeit des Antiphilos und voll Mitleid über den unglücklichen Künstler von freien Stücken ausgesagt hätte, dass Apelles nicht den geringsten Antheil an der Verschwörung gehabt habe, so würde Apelles unrettbar den Aufruhr in Tyros wie die andern mit dem Leben gebüsst haben. Ptolemaeos bereute seine Uebereilung so lebhaft, dass er dem Apelles hundert Talente auszahlen liess und ihm obendrein seinen nichtswürdigen Ankläger, den Antiphilos, als Sclaven auslieferte. In der Erinnerung an die glücklich überstandne Gefahr schuf Apelles seine Allegorie der Verläumdung [30]. Die ganze Geschichte ist Zug für Zug erfunden. Die inneren Unwahrscheinlichkeiten, von denen sie strotzt, die grenzenlose Verblendung und die eben so masslosen Reuebezeigungen des Königs, die unnatürliche Bosheit des Antiphilos, der glückliche Zufall, dass der grossmüthige Ungenannte wirklich ein Mitverschworner ist, die unedle Rache des Apelles nach der Versöhnung — das Alles möchte man hinnehmen. Es ist aber längst nachgewiesen [40], dass die durch den Aetoler Theodotas in Tyros angestiftete Empörung im engsten Zusammenhange mit den Unternehmungen des Königs Antiochos des Grossen von Syrien gegen

Ptolemaeos IV. Philopator (221—204) steht und das ganze Ereigniss also ungefähr hundert Jahre nach Apelles' Tode fällt. Bis Lucian, der die Anekdote aufbewahrt hat, das Bild sah, waren wiederum mindestens vierhundert Jahre vergangen, Zeit genug, ein solches Märchen zu erfinden und derartig auszuschmücken, wie es ihm die alexandrinischen Fremdenführer am Ende des 2. Jahrhunderts n. Chr. erzählten.

Bei Darstellungen hervorragender weiblicher Schönheit, die ohne Zweifel vollkommen ideale Schöpfungen waren, konnte man es sich doch in späterer Zeit nicht versagen, allerhand über die schönen lebenden Modelle der Künstler zu fabeln. Freilich machte es die geschäftige Sage nicht allen Künstlern so bequem, wie Zeuxis, dem die Krotoniaten, als er die von ihnen bestellte Helena malen wollte, fünf ihrer schönsten Jungfrauen zum Studium jugendlich weiblicher Schönheit zur Verfügung stellten [41]. Dem Praxiteles sollte bei seiner knidischen Aphrodite bald Phryne vorgeschwebt haben, wie sie am Feste der Eleusinien vor allem hellenischen Volke nackt in das Meer hinabstieg, bald sollte des Künstlers eigne Geliebte, Kratine, das Muster geliefert haben [42]. Was lag für die Anadyomene des Apelles näher, als zunächst an Pankaspe zu erinnern? In der That erzählten einige, dass sie es gewesen, die ihm bei dem Gemälde der Göttin Modell gestanden habe [43], andere übertrugen auch die Anekdote von der badenden Phryne von Praxiteles auf Apelles, unbekümmert um die chronologischen Schwierigkeiten, welche entstehen, sobald man annimmt, dass beide Künstler gleichzeitig Zeugen dieses Schauspiels gewesen sein sollen [44].

Eins der einfältigsten, aber trotzdem häufig genug wiederkehrenden Märchen ist jene auf ein Wortspiel hinauslaufende Anekdote, worin ein Gemälde nicht durch die »Kunst«, sondern durch die »Gunst«, das will sagen durch einen glücklichen Zufall, durch Tyche anstatt durch Techne, zu Ende gebracht wird. Apelles malte in einem Bilde — in welchem? wird nicht berichtet, aber schwerlich in einem der sonst überlieferten — ein Pferd, welches im Kampfgewühle sich mächtig am Streitwagen emporbäumt; der Wagenlenker hat Mühe, das schnaubende Thier zu zügeln. Alles war vollendet an dem Bilde, alles zu des Künstlers eigner Zufriedenheit ausgefallen, nur eins wollte trotz vielfacher Versuche nicht gelingen:

der Schaum am Gebiss des Pferdes. Da ergriff Apelles endlich ungeduldig seinen Schwamm, in welchem er die Pinsel zu reinigen pflegte und der von den mannichfaltigsten Farbstoffen vollgesogen war, warf ihn missmuthig nach der verzweifelten Stelle, und siehe da — der Schaum war fertig, so wunderbar naturgetreu, wie ihn die geschickteste Hand nicht hätte zu Stande bringen können [45]. Auch diese Geschichte gehört zu den landläufigen Atelieranekdoten, in welchen fortwährend die Personen wechseln; Protogenes soll dasselbe Verfahren bei einem Hunde, Nealkes bei einem Pferde geglückt sein [46]) und noch in der modernen Landschaftsmalerei kehrt das Märchen wieder in jener wunderbaren Vorschrift, wonach man den schönsten Baumschlag erhalten soll, wenn man einen in grüne Farbe getauchten Schwamm an die Leinwand wirft.

Schliesslich fehlt es auch nicht an artigen Bonmots, die man im späteren Alterthum dem Apelles nacherzählte, und die, wenn sie wirklich nicht erfunden wären, den Künstler auch nach der rein menschlichen Seite hin in liebenswürdigem Lichte erscheinen lassen würden. Wer hätte nie davon gehört, wie Apelles, als er ein Gemälde vor seiner Werkstatt ausgestellt hatte, um das Urtheil der Vorübergehenden, das er keineswegs verachtete, zu belauschen, sich von einem Schuster tadeln lassen musste, weil er an dem einen Schuh einen Heftel weggelassen hatte. Apelles versäumte nicht den Fehler gut zu machen. Als aber Tags darauf der Schuster wiederkam und, weil er am Schuh nichts mehr auszusetzen fand, nun das Bein tadelte, da trat Apelles hinter der Staffelei hervor und wies ihn mit jenem allbekannten Worte zurück, welches seitdem unter den geflügelten Worten der antiken wie der modernen Welt seinen Platz behauptet [47]). Auch Kunstgenossen fühlten bisweilen seinen milde strafenden Spott. Einem Schüler, der eine Helena gemalt, sie aber mit Goldschmuck überladen hatte, sagte er: »Schön konntest du sie nicht malen, drum hast du sie reich gemalt« [48]), und einen Pfuscher, der mit einem Bilde prahlte, das er im Augenblicke hingesudelt hatte, züchtigte er mit den Worten: »Man sieht's dem Bilde an, dass es schnell gemalt ist; ich muss mich nur wundern, dass du von dieser Art in derselben Zeit nicht noch mehr fertig gebracht hast« [49]). Aber selbst Alexander soll einst eine kleine Zurechtweisung von Apelles erfahren haben. Als er seinen

Hofmaler in der Werkstatt besuchte und dort über allerlei technische Dinge sprach, von denen er nichts verstand, trat Apelles zu ihm hinan und gab ihm leise den freundlichen Rath, doch lieber zu schweigen und sich nicht von dem Jungen, der dort die Farben reibe, auslachen zu lassen [50]. Auch diese Geschichte kehrt mit geringen Abweichungen noch öfter wieder; bald tritt Zeuxis für Apelles ein, bald für den makedonischen König der ephesische Megabyzos [51].

IX.

»Alle Maler, die jemals gelebt haben und jemals leben werden, hat Apelles übertroffen«. Mit diesem Satze leitet Plinius in den kunstgeschichtlichen Partieen seiner Encyklopaedie, welche für die Kenntniss von dem Leben und den Werken des Apelles die Hauptquelle bilden, die bunte und ungeordnete Reihe von geschichtlichen und anekdotenhaften Nachrichten ein, die er über den Künstler aufbewahrt hat. Lässt man den völlig nichtigen prophetischen Theil [1]) dieser hochtrabenden Worte bei Seite : welchen Werth, fragt es sich, behält dann der Rest? War Apelles wirklich in jedem Betracht der grösste Maler des classischen Alterthums? und das so oft wiederholte Wort vom »antiken Raphael«, ist es wirklich mehr als eine schöne Phrase?

Die griechische Malerei hat keinen formell und ideell einheitlichen Höhepunkt gehabt, wie er in der griechischen Plastik an Phidias' Namen geknüpft ist. Zu einer Zeit, da die Plastik wie ein schönes, vollentfaltetes Weib stolzen Schrittes auf ihrer Bahn dahingeht, folgt die Malerei noch wie ein zaghaftes Kind ihren Spuren. Wie durch einen Zauberschlag erwächst sie dann plötzlich an den grossen monumentalen Aufgaben, die ihr entgegenkommen, und hält nun mit der Schwesterkunst gleichen Schritt. Aber in ihren erhabensten Werken, die sie jetzt schafft, kämpft und ringt sie noch gegen die unüberwundenen Schwierigkeiten der Technik. Doch kaum beherrscht sie diese Technik, so streift sie schon wieder leichtfertig den Kothurn von ihren Füssen und entfaltet die blendenden Reize der Virtuosität. Dies ist der Entwicklungsgang der antiken Malerei, den Plinius gelegentlich, ohne es zu wissen, mit den schlichten Worten charakterisirt: »Alles war damals besser, als die Mittel geringer waren « [2]). Zwei Namen aber sind es, welche den doppelten Höhepunkt und, man darf wohl sagen, zugleich Anfang und Ende der hellenischen Malerei bezeichnen: Polygnot und Apelles, Polygnot der strenge und erhabene Idealist der alten Zeit, Apelles der gefällige und anmuthige Techniker der neuen, Polygnot vor allen Dingen Künstler, Apelles in erster Linie Maler, Polygnot der schlichte Demiurg, Apelles der vornehme Virtuos, Polygnot der ehrsame Bürger einer freien, stolzen Stadtgemeinde, Apelles der dienstfertige Liebling eines glänzenden Fürstenhofes. Nach der Ueberlieferung steht die griechische Malerei zur Zeit der Perserkriege durchaus noch in ihren Anfängen. Erst als Kimon an der Spitze Athens stand und nun Polygnot, unterstützt durch eine Anzahl andrer trefflicher Künstler, jene ausgedehnten mythologischen und historischen Compositionen a fresco ausführte, mit denen er in Athen, Delphi, Platacae und Thespiae Tempel, Hallen und andre öffentliche Gebäude schmückte, nahm die Malerei einen mächtigen Aufschwung. Immer sind es ja die grossen monumentalen Aufgaben gewesen, welche auch dieser Seite der bildenden Kunst die raschesten Flügel geliehen haben. In der italienischen Malerei bezeichnen Michel Angelos Sixtinische Capelle und die Stanzen Raphaels den Höhepunkt, und in den Fresken der Villa Massimi und Casa Bartholdy ist die deutsche Malerei wiedergeboren worden. So ist auch Polygnot ohne Zweifel die gewaltigste Erscheinung der gesammten griechischen Malerei und, was Tiefe der Conception, Reichthum des Ideeugehaltes betrifft, durchaus würdig an der Seite des Phidias zu stehen. Das eigentlich malerische Element seiner Schöpfungen war freilich noch von übergrosser Einfachheit. Im Laufe eines Jahrhunderts werden nun auf allen Gebieten malerischer Technik gewaltige Fortschritte gemacht. Apollodoros, Zeuxis und Parrhasios, die sikyonische und die thebisch-attische Malerschule, sie alle tragen in der mannichfaltigsten Weise zur allmählichen Vervollkommnung dieser Seite der Kunst bei. Dagegen steigt die Malerei während dieser Zeit in allen anderen Beziehungen von ihrer idealen Höhe mehr und mehr herab. Die grossen Fresken weichen der Tafelmalerei und zur Temperatechnik gesellt

sich in kleineren Bildern die Enkaustik; an Stelle der umfangreichen heroischen Compositionen treten kleinere Gruppen und
Einzelgestalten, die ebenso deutlich den Einfluss der dramatischen
Dichtung dieser Zeit verrathen, wie jene getreu im Geiste des hellenischen Epos geschaffen waren; das einfach Charakteristische macht
dem Sentimentalen und Pathetischen Platz, das Strenge und Bedeutende dem Anmuthigen und Gefälligen, das kräftig Schöne dem
sinnlich Reizenden.

Am Ende dieser ganzen Entwicklung steht Apelles. Ein überaus reiches Talent, ausgestattet mit der neidenswerthen Gabe, alles,
was in seiner Phantasie lebte, ganz und ohne Rest zu geben, über
alle seine Werke Leben, Wahrheit und jene Anmuth zu verbreiten,
die nur aus dem feinsten Maasse der Vollendung entspringt, beherrscht er fast alle Seiten der Technik mit virtuoser Meisterschaft,
wenn auch seine Durchbildung keine durchaus harmonische ist.
Aber welcher Art ist der geistige Gehalt der Werke, zu deren
Schöpfung sich alle jene Gaben in der Erscheinung eines einzigen
Künstlers vereinigen? Wo ist hier etwas, das sich nur entfernt mit
dem reichen dramatischen Leben, welches die hochidealen Compositionen Polygnots durchdrang, oder mit den feinen psycholo-
gischen und pathologischen Problemen, die ein Zeuxis und Parrhasios, ein Timanthes und Aristeides in ihren Darstellungen lösten,
vergleichen liesse? Mehr als die Hälfte aller Gemälde des Apelles
sind Porträts. Zwar wollen einige davon mehr sein, als dies; sie
verrathen entweder, wie die Reiterbilder des Kleitos und Antigonos
und der Festzug des Megabyzos, einen mehr oder minder schwachen
Anlauf zur Scene oder Situation, oder der Künstler versucht sie,
wie die Darstellungen Alexanders, durch symbolische Mittel künstlich in eine andre, höhere Sphäre zu steigern. Aber eine wahre
Handlung daraus zu gestalten, in der »die Entwicklung einer Begebenheit in einem scharf abgegrenzten Momente durch die nur auf
diesen gerichtete Thätigkeit jeder einzelnen dabei betheiligten Person zur Anschauung käme« [3] gelingt ihm nie. Den Porträts reihen
sich allerdings einige ideale Darstellungen an, deren Vorwürfe aus
mythologischem Gebiete geschöpft sind. Wohl mag Apelles hier,
wo die eigenartigste und herrlichste Seite seiner ganzen künstlerischen Anlage waltete, eine bezaubernde Anmuth entfaltet haben;

aber nach jener echten göttlichen Erhabenheit der alten Kunst sucht man doch bei seiner Anadyomene und den verwandten aphrodisischen Gestalten der Charis und Tyche vergebens, und zu einer lebendigen Handlung ist bei diesen Einzelfiguren nicht einmal der Versuch gemacht. So bleiben nur noch die beiden Allegorieen übrig und von ihnen wiederum nur die »Verläumdung«, in der die Wirkung und Wechselwirkung innerhalb einer Reihe abstracter Begriffe allerdings in eine leidenschaftlich erregte Handlung umgesetzt ist. Aber in welch einer ungeheuerlichen Weise: wo ist in diesen Schemen eine Spur jener echt künstlerischen Phantasie, jener wahrhaft dichterischen Gestaltungskraft der älteren Kunst?

So stehen Polygnot und Apelles einander gegenüber. Keinen von beiden darf man schlechthin den grössten Maler des Alterthums nennen, jeder von ihnen hat in seiner Sphäre ein höchstes geleistet, und mit demselben Rechte darf man bei Polygnot an Raphael erinnern, sobald man die Fresken der delphischen Lesche mit den Stanzen in eine Linie stellt, wie man Apelles mit ihm vergleichen darf, wenn man seine Anadyomene neben den Madonnen des italienischen Meisters nennen will. Was aber das wunderbarste in Raphaels Erscheinung ist, die vollkommne Harmonie seiner ganzen künstlerischen Anlage, dessen kann weder Polygnot noch Apelles sich rühmen.

Widerspricht aber nicht alledem das überschwängliche Lob, welches Plinius dem Apelles zollt? Ist es nicht eine Verwegenheit der modernen Forschung, jenem so bestimmt lautenden Urtheile gegenüber die Bedeutung des Apelles verkleinern und ihm die Hälfte des Ruhmes, welchen er im Alterthume ganz genoss, rauben und einen andern Künstler damit schmücken zu wollen? Eine doppelte Erwägung wird diese Zweifel lösen.

Die griechischen Quellen, aus denen Plinius seine Nachrichten über die antike Malerei zusammentrug: die kunstgeschichtlichen Schriften eines Antigonos und Xenokrates, und was er sonst etwa von Handbüchern oder Unterrichtsbriefen des Apelles, Melanthios, Asklepiodoros und Euphranor zu seiner Zeit noch benutzen konnte, verzeichneten ohne allen Zweifel einfach die Fortschritte der Malerei in technischer Beziehung, ohne ihrer inneren, geistigen Entwicklung irgendwelche Berücksichtigung zu schenken[1]). Es waren eben Schrif-

ten über Malerei, und als solche behandelten sie nur das eigentlich
Malerische. Die Einseitigkeit dieser Auffassung zu berichtigen
fehlte es aber einem Schriftsteller der römischen Kaiserzeit eben so
sehr an den nöthigen Kenntnissen wie am nöthigen Geschmack; er
ahnte diese Einseitigkeit kaum. Wie ungenügend man damals über
die 'grossen griechischen Maler der älteren Zeit unterrichtet war,
geht schon daraus hervor, dass Plinius unter der »alten Zeit« der
hellenischen Malerei unbedenklich Apelles und Protogenes versteht [5]),
während doch diese beiden Künstler im Vergleich zu Polygnot verhältnissmässig moderne Erscheinungen sind; es spricht sich aber
vor allem in der auf den ersten Blick höchst befremdlichen Behauptung des Plinius aus, dass nur diejenigen Maler Ruf genössen,
welche Staffeleibilder malten [6]). Diese Behauptung begreift sich, sobald man bedenkt, dass Plinius da, wo er von Wandmalerei redet,
nur die handwerksmässigen Leistungen der decorativen Zimmer-
malerei im Auge hat, welche in der augusteischen Zeit aufgekom-
men war und seitdem eine rasche und weite Verbreitung gefunden
hatte. An die grossartigen Fresken der alten hellenischen Maler
dachten damals nur noch wenige. Aber selbst dann, wenn die römi-
sche Kaiserzeit bessere Kunde davon gehabt hätte — und diese hat
gewiss nicht ganz gefehlt — so war doch die Geschmacksrichtung
viel zu sehr verändert, um jene Schöpfungen noch unbefangen würdigen zu können. Dies ist das zweite, was man erwägen muss.
Wenn schon die griechischen Kunstschriftsteller der alexandri-
schen Zeit die Bedeutung der antiken Malerei lediglich nach den
Fortschritten der Technik bemassen, wie soll man da in der Kaiserzeit eine tiefere, durchgeistigtere Betrachtungsweise erwarten? Der
Künstler galt damals nichts, der Virtuos alles. Jene einseitige Auffassung musste nothwendigerweise einfach in die Darstellung des
Plinius übergehen; war es doch eben die Auffassung, welche die
ganze damalige Zeit theilte. Kein Maler war populärer als Apelles;
im Munde des Dichters ist die Malerei die »apelleische Kunst«[7]). So
erklärt es sich, wenn Quintilian sagt, die höchste Blüthe der hellenischen Malerei falle in die Zeit von Philipp bis zu den Diadochen [8]),
und wenn er nicht begreifen kann, dass einzelne seiner Zeitgenossen
noch Geschmack an den Wandmalereien Polygnots fanden; er hält
diese Bewunderung für affectirt, weil er selbst nicht im Stande ist,

über die archaische Einfachheit der Ausführung hinwegzusehen und
sich unbefangen den Eindrücken der grossartigen Erfindung hinzugeben[9]). Es erklärt sich auch, wenn über denselben Künstler, den
Aristoteles als strengen Idealisten dem schlichten Naturalisten und
dem humoristischen Carricaturenmaler gegenüberstellt, auf dessen
Werke er die Jugend seiner Zeit als auf ein Mittel geistiger Erhebung und sittlicher Veredlung hinweist[10]), Plinius nichts besseres
zu berichten weiss, als dass er unter anderem auch die Frauen mit
buntschillernden Kopfbinden gemalt und seine Figuren nicht mehr
wie die älteste Zeit mit geschlossenem Munde dargestellt habe, wenn
er der grossartigsten Schöpfung desselben, den Wandmalereien in
der Lesche der Knidier zu Delphi, nur die paar Worte widmet: »Er
malte in Delphi eine Halle«, und endlich seiner langen und reichen
Thätigkeit in Athen nicht mit einer Silbe gedenkt[11]).

Bei dem grossen Umfange seines Sammelwerkes ist es Plinius
— glücklicherweise, darf man sagen — nicht immer gelungen, einander widersprechende Nachrichten, die er wohl zu verschiedenen
Zeiten aus verschiedenen Quellen geschöpft haben mochte, zu vergleichen und zu sichten; thatsächliche Widersprüche sind bei ihm
eben keine Seltenheit. So findet sich denn auch an einer Stelle, wo
man sie nicht vermuthet, eine kurze Notiz über den Kunstcharakter
des Apelles. Es ist ein kleiner Nachtrag, eine nicht in den Text
verarbeitete Randbemerkung, steht mitten unter ein paar ähnlichen
Nachträgen und lautet: »Kothurn und Erhabenheit der Kunst liegt
dem Apelles sehr fern« [12). Ausser der in antiken Zeugnissen öfter
wiederkehrenden Bemerkung, Apelles habe sich durch eine unüber-
treffliche Charis ausgezeichnet, deren er sich selbst gerühmt habe,
ist dies der einzige Ausspruch, der über das Wesen seiner Kunst
aus dem Alterthum erhalten ist. Wie überaus werthvoll ist aber
diese unscheinbare Notiz: kann es eine willkommnere Ergänzung
zu jenen erwähnten Zeugnissen geben und eine trefflichere Bestäti-
gung des Eindruckes, den man aus einem Ueberblick über die Werke
des Apelles gewinnt, als dieses Urtheil? Anmuth und Erhabenheit,
Charis und Kothurn, sind es nicht natürliche Gegensätze, die einander ausschliessen? Wenn nicht alles trügt, so stammt d i e s e s Urtheil aus einem griechischen Schriftsteller, welcher, der Zeit des Polygnot vielleicht nicht viel ferner stehend als Apelles selbst, noch einen

richtigen Blick für die innere Entwicklung der hellenischen Malerei besass. Das Urtheil des Plinius dagegen: »Alle Maler, die jemals gelebt haben, hat Apelles übertroffen« darf, wenn es wirklich mehr ist als eine rhetorische Phrase, welche die Nachrichten über den grossen Künstler möglichst volltönend eröffnen soll, nur aus der kunstgeschichtlichen Kenntniss und dem künstlerischen Geschmacke der römischen Kaiserzeit heraus aufgefasst werden.

Anmerkungen.

I.

1) Suid. unter *Ἀπελλῆς*.   2) Plin. XXXV, 79: olympiade CXII. Aber vgl. Cap. V. Anm. 3.   3) Suid. l. l.   4) Strab. XIV, p. 643.   5) Antipater in der Anthol. Pal. IX, 790: τὰν δόρυ (δόρι?) καὶ Μούσαις αἰπυτάταν Ἔφεσον.   6) Plin. XXXV, 67. Harpokr. unter *Παῤῥάσιος*.   7) Plin. XXXV, 61. Tzetz. Chil. VIII, 388. Vgl. Brunn, Künstler-Geschichte II, S. 76.   8) Vgl. W. Helbig, Zeuxis und Parrhasios in Fleckeisens Jahrb. 1867. S. 649—675.   9) Xen. Hell. III, 4, 17: οἱ ζωγράφοι. Xen. Agesil. I, 26: γραφεῖς.   10) Suid. l. l.   11) Plin. XXXIV, 58.   12) Strab. XIV, 640. Vgl. Urlichs, Skopas' Leben und Werke S. 115. Aber siehe Stark im Philologus XXI, S. 440. und Overbeck, Gesch. d. griech. Plast. 2. Aufl. II, S. 15 u. 145, Anm. 11.   13) Plin. VII, 127 u. XXXIII, 154.   14) Vgl. Urlichs, Skopas, S. 233 f.   15) Plin. XXXIV, 53.   16) Paus. VI, 3, 16.   17) Paus. V, 19, 1 u. X, 26, 6.   18) Tzetz. VIII, 390. 401.   19) Tzetz. VIII, 399.   20) Tztz. VIII, 403.   21) Polem. bei Plut. Arat. 13: ὥστε καὶ Ἀπελλῆν ἐκεῖνον ἤδη θαυμαζόμενον ἀφικέσθαι καὶ συγγενέσθαι τοῖς ἀνδράσιν τῆς δόξης μᾶλλον ἢ τῆς τέχνης δεόμενον μεταλαβεῖν.

II.

1) Diod. XX, 102.   2) Strab. VIII, p. 382: μάλιστα γὰρ καὶ ἐνταῦθα (Korinth) καὶ ἐν Σικυῶνι ηὐξήθη γραφική τε καὶ πλαστικὴ καὶ πᾶσα ἡ τοιαύτη δημιουργία. Plin. XXXV, 127: diuque illa fuit patria picturae.   3) Steph. Byz. unter *Τελχίς*.   4) Plin. XXXV, 15.   5) Athenag. Leg. pro Christ. XIV (p. 59. ed. Dechair).   6) Plin. XXXV, 16. Vgl. N. Rhein. Mus. XXIII, S. 226 f.   7) Plin. XXXV, 151.   8) Plin. XXXVI, 9: marmore sculpendo primi omnium inclaruere Dipoenus et Scyllis geniti in Creta insula . . . . hi Sicyonem se contulere, quae diu fuit officinarum omnium talium patria.   9) Vgl. Brunn K. G. I, S. 74 ff.   10) Plin. XXXIV, 55: fecit et quem canona artifices vocant liniamenta artis ex eo petentes veluti a lege quadam, solusque hominum artem ipsam fecisse artis opere judicatur. Die letzten Worte geben offenbar ein Epigramm wieder.   11) Galen. de Plac. Hipp. et Plat. V, 3 (ed. Kühn).   12) Plin. XXXIV, 55.   13) Vgl. Brunn, K. G.

I, S. 275 f. u. 305 f. ¹⁴) Plin. XXXIV, 61. XXXV, 75. ¹⁵) Cic. Brut.
86, 296. Plin. XXXIV, 65. ¹⁶) Plin. XXXV, 153. Vgl. N. Rhein. Mus.
XXII, S. 16 f. ¹⁷) Plin. XXXIV, 41. Vgl. Lüders, der Koloss von Rhodos,
Hamburg 1865. ¹⁸) Vgl. über das folgende N. Rhein. Mus. XXIII, S. 454 ff.
¹⁹) Plin. XXXV, 76. ²⁰) Melanthio (Apelles) de dispositione cedebat, hoc est
quanto quid a quoque distare deberet, Asclepiodoro de mensuris. Vgl. N. Rhein.
Mus. XXII, S. 13. ²¹) Plin. XXXV, 123. Paus. II, 27, 3. ²²) Plin.
XXXV, 137. ²³) Vgl. Riehl, Culturstudien aus drei Jahrhunderten, S. 102 f.
²⁴) Paus. X, 9, 7. ²⁵) Polem. bei Plut. Arat. XIII: ἐγράφη ὑπὸ πάντων
τῶν περὶ τὸν Μέλανθον (l. Μελάνθιον) . . . .Ἀπελλοῦ συνεφαψαμένου τῆς γρα-
φῆς. ²⁶) Paus. VI, 3, 4. ²⁷) Vgl. Paus. VI, 6, 2 mit II, 22, 7: ἀδελφὸς
Περικλείτου (l. Πολυκλείτου) Ναυκύδης. ²⁸) Plin. XXXV, 153. XXXIV, 66.
²⁹) Plin. XXXIV, 67. XXXV, 146. ³⁰) Suid. unter Πάμφιλος. Laërt. Diog.
IV, 18. Plin. I. Ind. auct. libr. XXXV. ³¹) Plin. XXXV, 76. ³²) Gewiss
ist nur von einem kleinen Theile der damals in Sikyon beschäftigten Künstler
Kunde zu uns gekommen. Die Namen der meisten sind verschollen, denn sie
sind im Alterthum selbst ausserhalb ihrer Werkstatt wohl nie genannt worden.
Die wenigen Künstler, die uns bekannt geworden sind, können unmöglich die
grosse Menge von Gemälden geschaffen haben, die allem Anscheine nach später
in Sikyon vorhanden waren. ³³) Plin. XXXV, 109. ³⁴) Plat. Protag.
326. ³⁵) Aristot. Polit. VIII, 2, 3. 2, 6. 3, 2. ³⁶) Plin. XXXV, 76.
³⁷) Polem. bei Athen. XIII, p. 577 C. ³⁸) Polem. bei Plut. Arat. 13. ³⁹) Polem. bei Plut. Arat. 13. Clem. Alex. IV, 124 (p. 620 ed. Potter). ⁴⁰) Callix.
Rhod. bei Athen. V, p. 196 E. ⁴¹) Polem. bei Plut. Arat. 12. Ob wohl eine
Täuschungen im Bilderhandel eine moderne Errungenschaft sind, oder ob sie
auch schon im Alterthum vorkamen? Ptolemaeos mag wohl manche Schüler-
arbeit für einen echten Pamphilos bezahlt haben. ⁴²) Polyb. XVII, 16.
⁴³) Περὶ τῆς Ποικίλης Στοᾶς τῆς ἐν Σικυῶνι Athen. VI, p. 253 B. XIII, p. 577 C.
Περὶ τῶν ἐν Σικυῶνι πινάκων Athen. XIII, p. 567 B. und vielleicht Plut. Arat. 13.
⁴⁴) Cic. ad Attic. I, 19 u. 20. II, 1. Plin. XXXV, 128. XXXVI, 114. ⁴⁵) Paus.
II, 7, 1.

III.

¹) Vgl. Urlichs, Skopas' Leben und Werke, S. 42. ²) Daher wenigstens
vielleicht der Irrthum bei Eustathius ad Iliad. p. 1343, 60: ὁ Σικυώνιος γραφεὺς
Τιμάνθης, während der Künstler doch von der Insel Kythnos stammte. Vgl.
Quintil. II, 13. 12. ³) Plin. XXXV, 79. Quintil. XII, 10, 6. Plut. Demetr.
22. Ael. Var. hist. XII, 41. ⁴) Plin. XXXV, 89. ⁵) XXXV, 61. 84.
Dies kann doch nur der Sinn der Anekdote sein, wie Brunn, K. G. II, S. 223
geistvoll entwickelt hat, der freilich die Erzählung für wahr hält. ⁶) Plin.
XXXV, 94. Plastisch finden sich solche Hinteransichten mit Vorliebe angewandt
im Fries von Budrum. Vgl. Monum. ined. dell' Inst. V. Tf. XIX, 3 u. 4. Tf. XX,
7. Tf. XXI, 6. ⁷) Cic. Brut. 18, 70., wo freilich in höchst unpassender Weise
Zeuxis und Timanthes mit Polygnot zusammengestellt sind, und Plut. de Defect.
oracul. 47. ⁸) Plin. XXXV, 58. Luc. Imagg. 7. ⁹) Plin. XXXV, 67.
¹⁰) Quintil. XII, 10, 4. ¹¹) Plut. de Glor. Athen. 2. ¹²) Quintil. XII, 10
4 und Plin. XXXV, 64. ¹³) Laërt. Diog. IV, 18: Μελάνθιος ὁ ζωγράφος ἐν

τοῖς περὶ ζωγραφικῆς· φησὶ γάρ δεῖν αὐθάδειάν τινα καὶ σκληρότητα τοῖς ἔργοις ἐπιτρέχειν. ¹⁴) Plin. XXXV, 111. 137. ¹⁵) S. die musterhaften und in vielen Stücken abschliessenden Untersuchungen von Donner, die erhaltenen antiken Wandmalereien in technischer Beziehung, Leipzig, 1869. S. 10 ff. und 39 ff. ¹⁶) Paus. II, 27, 3. ¹⁷) Plin. XXXV, 123. ¹⁸) Plin. XXXV, 123. ¹⁹) Plin. XXXV, 126. ²⁰) Paus. II, 27, 3. ²¹) Plin. XXXV, 125. ²²) Athen. XV, p. 678 A. ²³) Die Apelleae cerae bei Stat. Silv. I, 1, 100. sind, wie schon Brunn, K. G. II, S. 225 bemerkt, bloss ein poetischer Ausdruck so gut wie die Apellea ars bei Mart. XI, 10. ²⁴) Front. ad Verum I. (p. 124 ed. Mai): quid, si Parrhasium versicolora pingere juberet, aut Apellem unicolora? ²⁵) Plut. Alex. 4. οὐκ ἐμιμήσατο τὴν χρόαν, ἀλλὰ φαιότερον καὶ πετεινωμένον ἐποίησεν· ἦν δὲ λευκός, ὥς φασιν. ²⁶) Plin. XXXV, 56. ²⁷) Luc. Imagg. 7: μὴ ἄγαν λευκόν, ἀλλὰ ἔναιμον ἁπλῶς. ²⁸) Vgl. Plat. Soph. 236: εἰ ἀποδιδοίεν τὴν τῶν καλῶν ἀληθινὴν συμμετρίαν, οἶσθ' ὅτι σμικρότερα μὲν τοῦ δέοντος τὰ ἄνω, μείζω δὲ τὰ κάτω φαίνοιτ' ἂν διὰ τὸ τὰ μὲν πόρρωθεν, τὰ δ' ἐγγύθεν ἐφ' ἡμῶν ὁρᾶσθαι· ἆρ' οὖν οὐ χαίρειν τὸ ἀληθὲς ἐάσαντες οἱ δημιουργοὶ νῦν οὐ τὰς οὔσας συμμετρίας, ἀλλὰ τὰς δοξούσας εἶναι καλὰς τοῖς εἰδώλοις ἐναπεργάζονται; ²⁹) Plin. XXXV, 75. ³⁰) Plin. XXXV, 76 und Od. ε, 370 f. Vgl. das offenbar auf ein Gemälde derart bezügliche Epigramm der Anthol. Planud. IV, 125. ³¹) Plin XXXV, 80 und 107. ³²) Plin. XXXV, 76. In einem Aufsatze über die sikyonische Malerschule N. Rhein. Mus. XXIII, S. 463 glaubte ich in Abrede stellen zu dürfen, dass das von Plinius angeführte Gemälde des Pamphilos: proelium ad Phliuntem et victoria Atheniensium die bei Xen. Hell. VII, 2, 22 erzählte Begebenheit habe darstellen können, wie phliasische und athenische Truppen die Sikyonier, welche gerade in ihren Schanzen an der Grenze von Phlius mit Kochen, Baden und ähnlichen Dingen beschäftigt sind, überfallen und in die Flucht schlagen. Das Ereigniss schien zu unbedeutend, um künstlerisch verherrlicht zu werden. Die erste bedeutende Arbeit Michel Angelos stellte jedoch eine ganz ähnliche Scene dar. In einem Wettstreite mit Lionardo da Vinci schuf er einen Carton, wonach ein Gemälde für den Justizpalast in Florenz ausgeführt werden sollte, und worin er eine Episode aus dem pisanischen Feldzuge der Florentiner im Jahre 1440 darstellte. Ein Haufe nackter Soldaten badet im Arno. Da wird Lärm im Lager geschlagen, die Feinde brechen herein. Einzelne Soldaten eilen den Einbrechenden entgegen, andre kleiden sich hastig an, noch andre steigen aus dem Wasser am Ufer empor. Leider ist der Carton, von dem die Zeitgenossen sagten, dass Michel Angelo auch später nie wieder etwas gleich vollendetes geschaffen habe, nicht zur Ausführung gelangt und dann verloren gegangen. (Vgl. Kugler, Handbuch d. Gesch. d. Mal. 3. Aufl. II, S. 124 u. 142.) Dürfte man aus dem Carton des italienischen Meisters etwas für das Gemälde des hellenischen Künstlers schliessen, so wäre es möglich, das Bild des Pamphilos wenn auch nicht als eine grossartige Leistung der Historienmalerei, so doch als eine Darstellung zu denken, die zu lebendiger Gruppirung wie zu schöner Behandlung des Nackten reiche Gelegenheit bot. ³³) Plin. XXXV, 124. ³⁴) Plin. XXXV, 80. Die dispositio mit ihrer beigefügten Erklärung muss sich ebenso auf Gruppirung nach der Tiefe wie nach der Breite beziehen. ³⁵) Plin. XXXV, 126. ³⁶) Plin. XXXV, 94: pinxit et heroa nudum. Dies Bild wird nicht vereinzelt gewesen sein. ³⁷) Plin. XXXV, 92. ³⁸) Plin. XXXV, 80: nocere saepe nimiam diligentiam. ³⁹) Plin. XXXV, 80. Vgl.

Plut. Demetr. 22. u. Ael. Var. hist. XII, 41. [40]) Plin. XXXIV, 74 : mirumque in hac arte est, quod nobiles viros nobiliores fecit. Die zugespitzte Wendung stammt jedenfalls aus einem Epigramm. [41]) Plin. XXXIV, 16. [42]) Plut. Alex. M. 4. und de Alex. M. virtute II, 2. [43]) Paus. I, 22, 7. [44]) Plut. Arat. XII, 13. [45]) Plin. XXXV, 93. [46]) Plin. XXXV, 141. Vgl. Houssaye, Histoire d'Apelles, pg. 143. [47]) Callistr. Stat. 6. [48]) Plin. XXXV, 137. [49]) Paus. V, 29, 1. 2. [50]) Simon. Amorg. περὶ γυναικῶν v. 43 f. [51]) Plin. XXXV, 141. [52]) Plin. XXXV, 92. 93. [53]) Plin. XXXV, 74. [54]) Plin. XXXV, 123. [55]) Plin. XXXV, 123. [56]) Plin. XXXV, 79. [57]) Plin. XXXV, 42. [58]) Plin. XXXV, 42. [59]) Plin. XXXV, 97. [60]) Ueber das atramentum des Apelles gelangt selbst Donner a. a. O. S. 28 zu keiner durchaus befriedigenden Erklärung. [61]) Plin. XXXV, 79. [62]) Plin. XXXV, 111. [63]) Plin. I. Ind. auct. libr. XXXV. [64]) Paus. II, 10, 5. [65]) Paus. II, 10, 3. [66]) Paus. II, 10, 1. [67]) Paus. II, 9, 6 u. 7. [68]) Vgl. O. Schuchardt, Nikomachos, S. 6. [69]) Plin. XXXV, 15. [70]) Plin. XXXV, 16. [71]) Plin. XXXV, 16. [72]) Plin. XXXV, 16. [73]) Plin. VII, 198 u. Schol. Pind. Ol. XIII, 27. [74]) Plin. XXXV, 151. [75]) Pind. Ol. XIII, 21 u. Plin. XXXV, 152. [76]) Strab. VIII, p. 353 u. 378. Paus. V, 2, 3. [77]) Paus. V, 17, 5 sq. [78]) Strab. VIII, p. 381. [79]) Plin. VII, 126 u. XXXV, 24.

IV.

[1]) Plin. XXXV, 62. Ael. Var. Hist. XIV, 17. [2]) Suid. unter Ἀπελλῆς u. unter Πάμφιλος. Vgl. auch Plin. XXXV, 76: ipse Macedo natione. [3]) Dass Leochares am makedonischen Hofe gelebt, ist nirgends direct überliefert, darf aber wohl desshalb vermuthet werden, weil er mehrfach für Philipp und Alexander, sogar in Gemeinschaft mit Lysippos, thätig war. [4]) Philipp war 23 Jahre alt, als er 359 zur Regierung kam, Alexander ist 356 geboren, Aristoteles 384. Lysippos war vollständig Zeitgenosse des Pamphilos und des Apelles zugleich; er erreichte ein sehr hohes Alter: um 395 mochte er etwa geboren sein, ungefähr 315 starb er. Nimmt man Apelles 28jährig an, so war er Ol. 112, wo Plinius seine Blüthe ansetzt, 39—42jährig. [5]) Aristot. Poet. 6 : Ζεῦξις πρὸς Πολύγνωτον πέπονθεν. [6]) Plin. XXXV, 93. [7]) Plin. XXXIV, 63. [8]) Plin. XXXV, 90. [9]) Besprochen Archäol. Zeit. 1864 S. 213*. Abg. Tf. A. [10]) Plin. XXXV, 93 : mirantur cius Habronem Sami et Menandrum, regem Cariae Rhodi, item Antaeum etc. So ist jedenfalls zu interpungiren. Gewöhnlich fehlt in den Ausgaben hinter Menandrum das Komma, so dass man Menandrum regem Cariae zusammen zu nehmen hätte. Einen Fürsten von Karien namens Menander hat es aber nie gegeben; regem Cariae muss also für sich allein stehn. Ueber Menander siehe S. 49. [11]) Paus. V, 20. 9. [12]) Plin. XXXV, 85. [13]) Plin. XXXV, 89. [14]) Urlichs, Skopas' Leben und Werke S. 228 f. [15]) Plin. XXXIV, 64. [16]) Plin. XXXV, 96. [17]) Plin. XXXV, 96. Daraus, dass Plinius bei Erwähnung dieses Gemäldes den Antigonos »König« nennt, ist für eine spätere Entstehung des Bildes schwerlich etwas zu schliessen. Eher könnte man daraus, dass es für eins der bedeutendsten Werke des Apelles gehalten wurde, folgern wollen, dass es erst in den spätern Jahren des Künstlers und nach Alexanders Tode entstanden sei. [18]) Vgl. auch Quintil. II, 13, 12 : habet in pictura speciem tota facies. Doch sei daran erinnert, dass in dem pom-

pejanischen Mosaik der Alexanderschlacht der Kopf Alexanders ebenfalls im Profil erscheint. [19] Strab. XIV, p. 657. [20] Vgl. Anm. 10 dieses Capitels. [21] Plin. XXXV, 86 u. Ael. Var. Hist. XII, 34. [22] Luc. Imagg. 7. Die Scene, wie Apelles sich in Pankaspe verliebt, hat ein niederländischer Künstler, Joos van Winghe, der Hofmaier Alexanders von Parma, in zwei Bildern gemalt; beide einander ziemlich ähnlich, nur das eine etwas symbolischer, das andre etwas sinnlicher. Sie befinden sich jetzt in der Gemäldegalerie des Belvedere zu Wien. Etienne Falconet stellte die Scene, wie Alexander die Pankaspe dem Künstler schenkt, in einem höchst züchtigen Relief dar. Als Seitenstück zu den überschwänglichen Empfindungen des Plinius mögen die sarkastischen Worte Diderots aus seiner Besprechung dieses Reliefs (Salon de l'année 1765, No. 195) angeführt sein: Falconet, mon ami, vous avez oublié l'état de cette femme, vous n'avez pas pensé, qu'elle avoit couché avec Alexandre, et qu'elle a connu le plaisir avec lui et peut-être avec d'autres avant lui. Si vous eussiez donné des traits un peu plus larges à votre Campaspe (sic), c'auroit été une femme et tout eût été bien. [23] Plin. XXXV, 98. [24] Der zweite Aufenthalt des Apelles in Ephesos ist nirgends ausdrücklich bezeugt; doch deutet so mancherlei darauf hin, dass fast nicht daran gezweifelt werden kann. Abenteuerlich ist die Idee, dass Alexander seine Hofkünstler mit nach Asien genommen habe. Apelles konnte den König gewiss malen, ohne dass dieser ihm dazu sass; auch Kleitos und Neoptolemos mussten dem Künstler von Pella her bekannt genug sein. Vgl. übrigens Luc. Calumn. non tem. cred. 2: ὁ δὲ Ἀπελλῆς οὐχ ἑωράκει ποτὲ τὴν Τύρον. [25] Vgl. Suid. unter Ἀπελλῆς mit Plin. XXXV, 140. [26] Plin. XXXV, 111. [27] Plin. XXXIV, 64. Arrian. Anab. I, 16, 7. Plut. Alex. M. 16. Vell. Paterc. I, 11, 3. Plinius u. Velleius schreiben, dass die 25 Reiter sämmtlich mit Porträtähnlichkeit dargestellt gewesen seien. Das ist einfach unmöglich. Die Gefallenen wurden, wie Arrian I, 16, 5 berichtet, sämmtlich am Tage nach der Schlacht bestattet, und Lysippos wird weder die 25 alle gekannt und ihre Züge aus dem Gedächtniss modellirt, noch am Tage der Schlacht die Todtenmasken abgenommen haben. Auch dass Alexander selbst unter den 25 dargestellt gewesen sei, ist eine müssige Erfindung des Velleius; die übrigen wissen nichts davon. [28] Ael. Var. Hist. II, 3. Wenn das Gemälde überhaupt existirt hat und nicht bloss der daranhängenden Anekdote zu liebe erfunden ist, so wird schwerlich eine andre Zeit für die Entstehung desselben ausfindig gemacht werden können. [29] Plin. XXXV, 93. Es ist nicht recht einzusehen, wesshalb Urlichs, Chresthom. Plin. S. 359, die Notiz auf den doch viel weniger bedeutenden »weissen« Kleitos bezieht. [30] Plin. XXXV, 27: Belli faciem und XXXV, 93: Belli imaginem. Dies ist sicherlich eine verkehrte Interpretation der Darstellung, zu der Plinius sehr leicht kommen konnte, da allerdings der Kriegsdämon nicht besser dargestellt werden konnte, als im Typus eines Barbarenkriegers, und da überdies die Zeit des Plinius wohl geneigt sein mochte, der versteckteren Deutung vor der näherliegenden den Vorzug zu geben. Ein gefesselter Barbar war der einfachste symbolische Ausdruck des errungenen Sieges, während die Personification des Krieges in Fesseln nur ein sinnbildlicher Ausdruck des gewonnenen Friedens ist, der gar nicht in der Absicht des Künstlers liegen konnte. Den Eroberer, der den Krieg über ganz Asien recht eigentlich entfesselte, mit einem in Banden gelegten Kriegsgotte zu gruppiren, könnte nur als eine Ironie verstanden werden. So hat auch Houssaye, Histoire d'Apelles, pg. 267 mit Berufung auf weiter unten zu erwähnende Münzen das Gemälde gedeutet, und zwar ohne die Notiz von Panofka (Archäol. Zeit. 1848. S. 100*) zu kennen, der ebenfalls mit Bezug auf erhaltene bildliche Darstellungen bei Plinius schreiben wollte: Belli imaginem, quae Indos minitabatur, restrictis ad terga manibus etc. Daran, dass der Krieger, etwa wie bei Hektors Schleifung, an den Wagen Alexanders gefesselt gewesen wäre, ist nach der Ausdrucksweise des Plinius gewiss nicht zu denken. [31]) Plin. XXXV, 96. An diesen Neoptolemos (Arr. Anab. II, 27, 6) zu denken liegt näher, als an den gleichnamigen Ueberläufer, der bei Halikarnass fiel (Arr. Anab. I, 20, 10). [32]) Plin. XXXV, 92. Plut. de Alex. M. fort. 2. [33]) Plin. XXXV, 27 u. 93. [34]) Plut. de Alex. M. fort. 2 u. Plut. Alex. M. 4. [35]) Plut. de Is. et Osir. 24. [36]) Plut. de Alex. M. fort. 2. u. Plut. Alex. M. 4. [37]) Cic. Verr. IV, 60, 135. [38]) Vgl. Plin. XXXV, 4: surdo figurarum discrimine statuarum capita permutantur, vulgatis iam pridem salibus etiam carminum. [39]) Plin. XXXV, 93. [40]) Cohen, description des monnaies impériales I, Pl. XV, p. 292. [41]) Ebend. pl. XVI, pg. 363. [42]) Ebend. pl. XVII, pg. 429.

V.

[1]) Plut. Alex. M. 40. vgl. mit Curt. Ruf. VIII, 11 sq. [2]) Plin. XXXIV, 64. Plut. Alex. M. 40. [3]) Plin. XXXV, 79. [4]) Guhl, Ephesiaca, pg. 105 sq. [5]) Plin. XXXV, 93. [6]) Vgl. Brunn, K. G. 1, S. 459 f. [7]) Plin. XXXV, 60. [8]) Plin. XXXV, 70. [9]) Plin. XXXV, 70. Die Identität dieses Bildes mit dem bei Tzetz. VIII, 399 erwähnten ist durchaus nicht sicher. [10]) Plin. XXXV, 132. [11]) Plin. XXXV, 96: Dianam sacrificantium virginum choro mixtam, quibus vicisse Homeri versus videtur id ipsum describentis. Von dieser durch alle Handschriften — auch durch den von Detlefsen neu verglichenen Cod. F — verbürgten Lesart abzugehen und sich dafür einer der zahlreichen an dieser Stelle versuchten Aenderungen (s. Overbecks Schriftquellen No. 1870) anzuschliessen ist sehr misslich. Man darf sich, glaube ich, nicht daran stossen, dass die Darstellung des Apelles sich mit der homerischen Stelle, die einzig und allein hier gemeint sein kann, nicht Zug für Zug deckt. Zu der im Texte ausgeführten Ansicht hat Urlichs, Chrestom. Plin. pg. 361 den richtigen Weg gezeigt. [12]) Od. ζ, 102 f. [13]) Die in Anm. 11. angeführten Schlussworte geben jedenfalls den Inhalt eines Epigramms wieder. [14]) Stob. Floril. CV, 60. [15]) Paus. IV, 30, 6. [16]) Paus. IX, 16, 1. [17]) Paus. IX, 16, 2 u. I, 8, 2. Vgl. Overbecks Schriftquellen No. 1143 und Brunn, über die sogenannte Leukothea der Glyptothek, München 1867. [18]) Paus. I, 43, 6 und Plin. XXXVI, 23. [19]) Paus. VI, 2, 6 u. Joh. Malal. Chronogr. IX (p. 276 ed. Bonn.) [20]) Paus IX, 35, 6. [21]) ebendas. [22]) Paus. V, 11, 8. [23]) Paus. III, 18, 9. [24]) Paus. VII, 5, 9. [25]) Vgl. N. Rhein. Mus. XXII, S. 21 ff. u. Archäol. Zeit. 1869 S. 55 ff. mit Tf. 22. Dass der Stil dieses Reliefs den Parthenonmetopen nicht sehr fern stehe wird freilich Benndorf kaum von irgend Jemandem zugestanden werden. [26]) Paus. IX, 35, 3. [27]) Paus. V, 11, 7. [28]) Paus. II, 17, 1.

VI.

[1] Vgl. über das Folgende: Stark, über unedirte Venusstatuen und das Venusideal seit Praxiteles in den Berichten der k. sächs. Ges. d. Wissensch. 1860. S. 46 ff. [2] Paus. VI, 25, 1. [3] S. Overbeck, Geschichte der griech. Plastik, 2. Aufl. I, S. 305 und Fig. 63c. [4] S. Overbeck, a. a. O. S. 275 u. Fig. 55. [5] S. Stark, a. a. O. S. 51. Natürlich soll damit nicht gesagt sein, dass die Aphrodite von Melos selbst mit der skopasischen Kunst irgend etwas zu thun habe. [6] Schon bei Hesiod Theog. 195: τὴν δ' Ἀφροδίτην κικλήσκουσι θεοί τε καὶ ἄνερες, οὕνεκ' ἐν ἀφρῷ θρέφθη. [7] Vgl. besonders Hymn. Hom. VI. Hesiod. Theog. 194. Anacreontea 56 ed. Bergk, Anthol. lyr. [8] Paus, V, 11, 8. [9] Vgl. über das Einzelne der Darstellung besonders die unten folgenden Epigramme. [10] Strab. XIV, p. 657. [11] Ovid, der bekanntlich im Jahre 8 n. Chr. Rom verlassen musste, hat das Bild ohne Zweifel dort gesehen. Er erwähnt es gar zu gern, so Ex Ponto IV, 1, 19. Trist. 526. Amor. I, 14, 35. Ars amandi III, 401. [12] Strab. XIV, p. 657 u. Plin. XXXV, 91. [13] Plin. XXXV, 91. [14] Suet. Vespas. 18. Die Worte bei Petronius, Satyr. 83: iam vero Apellis quam Graeci μονόχνημον appellant etiam adoravi können sich unmöglich auf das schadhaft gewordene Gemälde der Anadyomene beziehen; quam Graeci μονόχνημον appellant heisst nach gewöhnlichem Sprachgebrauche, der durch zahlreiche Stellen aus Plinius belegt werden kann, (Vgl. Jahn, über die Kunsturtheile bei Plinius in den Berichten d. k. sächs. Ges. d. Wissensch. 1850. S. 125.) »die sogenannte Monoknemos«, d. h. die in den Kreisen der Künstler und Kunstkenner sogenannte Monoknemos. Darnach würde das Bild schon bei den Griechen, also in Kos, so geheissen haben (vgl. Plin. XXXIV, 55: quem canona artifices vocant, XXXIV, 82: Amazon quam eucnemon appellant, XXXIV, 69: satyrus quem Graeci περιβόητον cognominant, XXXIV, 72: pentathlos qui vocatur ἐγκρινόμενος u. s. w. und das moderne: la vierge dite la perle) und dort war es doch noch unversehrt. Dürfte man schreiben: quem Graeci μονόγλινον appellant, so könnte man in den Worten möglicherweise eine Notiz finden über jenes auffälligerweise im Profil gemalte Porträt des Antigonos, das man recht wohl in Künstlerkreisen den »Einäugigen« genannt haben kann. [15] Cic. ad Att. II. 21, 4. Cic. Orat. II, 5. Cic. Verr. IV, 60, 135. [16] Es lässt sich durch nichts beweisen, dass Apelles nicht der Erfinder dieses Motivs gewesen sei, und dass die Bildhauerei es schon früher gehabt habe. Die Combination Starks, a. a. O. S. 76 ff., dass die Venus stans Polycharmi, die im Juppitertempel in Rom neben der im Bade kauernden Aphrodite des Daedalos von Bithynien stand, identisch sei mit dem nobile signum, von welchem Ovid, Ars amandi III, 223 sagt: nuda Venus madidas exprimit imbre comas, hat durchaus nichts zwingendes. Uebrigens weiss Niemand, wann Polycharm gelebt hat. [17] Stark, a. a. O. S. 76 u. 86 mit Tf. VII u. VIII. [18] Vgl. Plin. XXXV, 91: versibus graecis tali opere, dum laudatur, victo sed illustrato. [19] Anthol. Gr. II, 15, 32 übersetzt bei Auson. Epigr. 106. [20] Anthol. Gr. II, 53, 16. [21] Anthol. Gr. III, 202, 32. [22] Anthol. Gr. I, 164, 41. Unter dem Namen des Demokritos, über dessen Lebenszeit gar nichts bekannt ist, existirt noch ein fünftes Epigramm auf eine Anadyomene, Anthol. Gr. II, 237, welches lautet: Κύπρις ὅτε σταλάουσα κόμας ἁλιμυρέος ἀφροῦ — γυμνὴ πορφυρέου κύματος

ἐξανίδυ, — οὕτω που κατὰ λειχὰ παρήϊα χερσὶν ἑλοῦσα — βόστρυχον Αἰγαίην ἐξεπίεξεν ἅλα, — στέρνα μόνον φαίνουσα, τὰ καὶ θέμις· εἰ δὲ τοιήδε — κείνη, συγχείσθω θυμὸς Ἐνυαλίου. Schon Brunn hat, K. G. II, S. 205. Anm. 1., Bedenken getragen, diese Verse auf die Anadyomene des Apelles zu beziehen. Erstens ist der Name des Apelles, der in den übrigen vier Epigrammen nicht fehlt, hier gar nicht genannt, und zweitens bringt der fünfte Vers mit seinem στέρνα μόνον φαίνουσα einen Zug, der sich in den andern Epigrammen nicht findet. Benndorf hat zwar (De anthologiae graecae epigrammatis, quae ad artes spectant, pg. 74) versucht, dieses Epigramm des Demokritos neben dem des Leonidas recht eigentlich zum Ausgangspunkte für eine Reconstruction der Anadyomene des Apelles zu machen, und meint, die Göttin sei wirklich mit ihrem Körper noch halb unter Wasser gewesen. Man muss nun allerdings zugeben, dass diese Vermuthung dadurch unterstützt zu werden scheint, dass die Alten das Bild des Apelles eben Ἀναδυομένη und nicht Ἀναδῦσα nannten. Indess ist doch dem Apelles eine solche Darstellung schwerlich zuzutrauen. Preller wird wohl, um ein modernes Beispiel zu nennen, auch gewusst haben, warum er in seinen Odysseelandschaften in Weimar die Leukothea nicht halb unter Wasser, sondern in voller Gestalt auf der Höhe einer Woge dargestellt hat. Wie hätte die Göttin aber auch ihr Haar bereits ausdrücken können, wenn sie noch so weit vom Ufer entfernt war, dass sie noch bis unter die Brust von den Fluthen bedeckt wurde und also im nächsten Augenblicke schon ihr Haupt wieder von den Wellen benetzt werden konnte? Und wie wäre es möglich gewesen, dass aus einem solchen Bilde die plastischen Darstellungen der Anadyomene hätten hervorgehen können, die doch ohne Zweifel aus dem Gemälde des Apelles hervorgegangen sind? Es ist wohl das wahrscheinlichste, dass das Epigramm des Demokritos sich auf eine Statue der Anadyomene bezog, deren Schooss etwa wie bei dem Pompejaner Exemplar durch ein Gewand verhüllt war, mag diese Statue nun das nobile signum des Ovid oder ein andres Werk gewesen sein. [20] Vgl. Schlegels Legende vom heil. Lukas, wo es von Raphael heisst: »Herabgesandt von sel'gen Höhen — Hatt' er die Hehre selbst gesehn — An Gottes Throne walten« und in dem bekannten Sonett auf die Sixtina die Worte: »So sahst du sie — so lässt du sie uns schauen«.

VII.

1) Suid. unter Ἀπελλῆς: θέσει Ἐφέσιος. Auch sonst wird er geradezu Ephesier genannt. 2) Plin. XXXV, 101 u. 102. 3) Plin. XXXV, 101: quis eum docuerit, non putant constare. 4) Plin. XXXV, 106. Vgl. Brunn, K. G. II, S. 236. 5) Plin. XXXV, 102. Vgl. Brun, K. G. II, S. 237. 6) Plut. Demetr. 22. Ael. Var. hist. XII, 41 u. Plin. a. a. O. 7) Plin. XXXIV, 42. 8) Plin. XXXIV, 63. 9) Strab. XIV, p. 652. 10) Plin. XXXV, 69 sagt: in una tabula; dass er es für nöthig hält, dies hinzuzufügen, ist gerade ein Beweis dafür, dass es sich um drei getrennte Darstellungen und nicht etwa um eine Gruppe handelt. 11) Plin. XXXIII, 155. 12) Plin. XXXV, 78. 13) Plin. XXXV, 81: cum Apelles adnavigavisset, avidus cognoscendi opera eius fama tantum sibi cogniti. 14) Plin. XXXV, 101. Vgl. Brunn, K. G. II. S. 238 f. 15) Plin. XXXV, 88. 16) Quintil. XII, 10, 6. 17) Plin. XXXV, 138 u. 114. 18) Plin. XXXV, 114. 19) Plin. XXXV, 138. 20) Plin. XXXV,

114. Vgl. Brunn, K. G. II, S. 248. Gryllos bedeutet Ferkel. [21] Ptolem. Hephaest. bei Phot. Bibl. p. 462 ed. Höschel. [22] Plin. XXXV, 89. [23] Vgl. S. 47 u. namentlich S. 90. [24] Luc. Calumn. non temere cred. 4. [25] Dies geht aus der einfachen und klaren Aufzählung bei Lucian hervor und ist bereits von Brunn, K. G. II, S. 221 ausgesprochen worden. [26] Wirklich haben Hirt, Gesch. d. bild. Künste, S. 246, Bötticher in der Amalthea III, Vorr. S. XXIV. Anm. u. Jahn in den Berichten der k. sächs. Ges. d. Wissensch. 1853 S. 57. Anm. das Gemälde der Verläumdung als eine blosse rhetorische Erfindung des Lucian erklären wollen. Dagegen bemerkt Blümner, Archäol. Studien zu Lucian S. 42, mit Recht, dass erstens an der betreffenden Stelle des Lucian gar keine Nöthigung zu einer solchen Fiction vorlag und ferner, dass in der Beschreibung des Gemäldes nicht das mindeste enthalten sei, was nicht sehr gut hätte dargestellt sein können. In der That hat unter den Italienern Federigo Zuccaro die Verläumdung nach dieser Beschreibung wieder gemalt. Man erzählte, er habe damit den Cardinal Farnese ärgern wollen, der ihn beim Papst Gregor XIII. angeschwärzt hatte. Blümner meint aber, das Bild rühre jedenfalls von einem Maler aus viel späterer Zeit her und sei nur von den alexandrinischen Fremdenführern dem Apelles angedichtet worden. Vergleicht man aber die Darstellung des Gewitters, deren einstmalige Existenz noch nicht angezweifelt worden ist, und die noch ein zweites Beispiel wenn auch nicht gerade derselben, so doch einer sehr verwandten Richtung bietet, so wird man doch nicht so leicht geneigt sein, das Bild dem Apelles ganz abzusprechen. [27] Plin. XXXV, 96 giebt offenbar den Inhalt eines Epigramms wieder, wenn er sagt: pinxit et quae pingi non possunt. Dem Redekünstler Philostrat mag vielleicht in seinem fingirten Gemälde, worin er die Geburt des Dionysos und den Tod der Semele schildert (Imagg. 1, 14), wie er überhaupt bisweilen einzelne Züge seiner Beschreibungen wirklich existirenden Gemälden entlehnt haben mag, das Bild des Apelles vorgeschwebt haben. Dieses Bild selbst aber nun für eine mythologische Darstellung ähnlichen Inhalts zu halten, wie Urlichs, Chrestom. Plin. S. 361 versucht, dazu ist kein zwingender Grund vorhanden. [29] Plin. XXXV, 93. Absichtlich übergangen worden sind in der Reihe der Werke die »Bilder von Sterbenden«, welche Plin. XXXV, 90 mit den Worten anführt: Sunt inter opera eius et exspirantium imagines; quae autem nobilissima sint, non est facile dictu. Ueber diese exspirantium imagines sich in Vermuthungen zu ergehen, ist zwecklos. Ueber den beigefügten Satz möge jedoch noch eine Bemerkung gemacht sein. »Unter seinen Werken sind auch Bilder von Sterbenden; welches aber die hervorragendsten sind, ist schwer zu sagen«. Die hervorragendsten Werke? Oder die hervorragendsten Bilder von Sterbenden? Die Werke auf keinen Fall; denn das quae kann sich, wie jeder am besten aus der deutschen Uebersetzung herausfühlt, bloss auf imagines, aber nicht auf opera beziehen. Also die hervorragendsten Bilder von Sterbenden. Dann müsste es aber heissen nobilissimae sint, oder man müsste den Singular setzen und schreiben nobilissima sit. Also doch die hervorragendsten Werke? Die Schwierigkeit lässt sich auf sehr einfache Weise beseitigen. Von § 79 an, wo die Notizen über Apelles beginnen, bis § 98 wird nicht ein einziges Gemälde des Apelles als solches und um seiner selbst willen genannt; nur Anekdoten werden erzählt. Wie hätte Plinius dann auf einmal fortfahren sollen: pinxit et Antigoni regis imaginem? Nein, nach den allgemeinen Bemerkungen begann er sofort vernünftiger Weise mit den bedeutendsten Wer-

ken des Apelles: § 91 Anadyomene, § 92 zweite Aphrodite, § 93 Alexander mit dem Blitze etc. § 90 aber enthält nur drei spätere Nachträge, die weder zusammengehören, noch an diese Stelle gehören, erstens über das Profilporträt des Antigonos, zweitens über die Bilder von Sterbenden, drittens einen Satz, der wohl ursprünglich eine Randglosse zu § 96 peritiores artis praeferunt o m n i b u s e i u s o p e r i b u s etc. gewesen sein mag. ²⁰) Vgl. S. 13. ³⁰) Athen. VIII, p. 347. ³¹) Ael. Var. hist. XIII, 21. Vgl. Brunn, K. G. II, S. 288. ³²) Dies vermuthet Brunn, K. S. II, S. 203. ³³) Plin. XXXV, 92. Cic. de Off. III, 2, 10. Cic. Ep. ad famil. I, 9, 15. ³⁴) Plin. XXXV, 145: illud vero perquam rarum ac memoria dignum est, suprema opera artificum imperfectasque tabulas in maiore admiratione esse quam perfecta, quippe in iis liniamenta reliqua ipsaeque cogitationes artificum spectantur atque in lenocinio commendationis dolor est manus cum id ageret exstinctae.

VIII.

¹) Plin. XXXV, 23. ²) Plin. XXXV, 109. ³) Plin. XXXV, 124. ⁴) Senec. Controv. X, 34 (p. 326 ed. Burs.) ⁵) Plin. XXXV, 71. ⁶) Plin. XXXV, 62. ⁷) Vgl. auch Dante Purgatorio IX, 94: Credette Cimabue nella pittura — Tener lo campo, ed ora ha Giotto il grido, — Sicchè la fama di colui oscura. ⁸) Plin. XXXV, 104 f. Plut. Demetr. 22. Gell. Noct. Att. XV, 31. ⁹) Plin. XXXV, 20. ¹⁰) Ael. Var. hist. II, 44. ¹¹) Vgl. Riehl, Culturstudien aus drei Jahrhunderten, S. 112 ff. ¹²) Anthol. Gr. IV, 185, 314. ¹³) Paus. III, 8, 14. ¹⁴) Paus. VIII, 53, 7. ¹⁵) Paus. II, 23, 4. ¹⁶) Plin. XXXIV, 83. ¹⁷) Themist. Orat. II, p. 29 a. ¹⁸) Plin. XXXV, 147. ¹⁹) Plin. XXXV, 81 f. ²⁰) Ael. Var. hist. II, 3. ²¹) Plin. XXXV, 95. ²²) Plin. XXXV, 88: imagines adeo similitudinis indiscretae pinxit, ut incredibile dictu Apio grammaticus scriptum reliquerit quendam ex facie hominum divinantem, quos metoposcopos vocant, ex iis dixisse aut futurae mortis annos aut praeteritae vitae. In den Handschriften fehlt vitae, ist aber von Brunn, K. G. II, S. 224 Anm. 2 unzweifelhaft richtig eingesetzt worden. ²³) Plin. XXXV, 89. ²⁴) Plin. XXXV, 132. ²⁵) Plin. XXXV, 114. ²⁶) Lucian. Herod. sive Aëtion 4. Vgl. Blümner, archäol. Studien zu Lucian, S 43 f. und Sommerbrodt in Fleckeisens Jahrbüchern 1867, S. 755 f. Die Frage über das Zeitalter des Aëtion darf darnach jetzt als entschieden betrachtet werden. ²⁷) Plin. XXXV, 106. ²⁸) Plin. VII, 125. Hor. Ep. II, 1, 239 f. Cic. Ep. ad famil. V, 12, 13 u. sonst. ²⁹) Plin. XXXIV, 77. ³⁰) Plin. XXXIV, 75. ³¹) Plin. XXXIV, 66. ³²) Plut. de Alex. M. virt. 2. ³³) Plin. XXXV, 92. ³⁴) Plin. XXXV, 16 u. 56. ³⁵) Cic. Brut. 18 und Plin. XXXV, 50. ³⁶) S. Brunn, K. S. II, S. 31 f. ³⁷) Plin. XXXV, 50: nunc et purpuris in parietes migrantibus et India conferente fluminum suorum limum et draconum elephantorumque saniem nulla nobilis pictura est. o m n i a e r g o m e l i o r a t u n c f u e r e, c u m m i n o r c o p i a. Vgl. Brunn, K. G. II, S. 225 f. ³⁸) Plin. XXXV, 92. ³⁹) Lucian Calumn. non tem. cred. 2 sq. ⁴⁰) Vgl. Tölken, Amalthea III, 130 f. u. Brunn, K. G II, S. 208. ⁴¹) Plin. XXXV, 64 u. Cic. de Invent. II, 1, 1. ⁴²) Athen. XIII, p. 590 F. Clem. Alex. Protrept. 53 (p. 47 ed. Pott.) ⁴³) Plin. XXXV, 66. ⁴⁴) Athen. XIII, p. 590 F. ⁴⁵) Dio Chrysost. Orat. LXIII, 4 (p. 681 Emper.) ⁴⁶) Plin. XXXV, 103 u. Plut. de Fortuna 4.

⁴⁷) Plin. XXXV, 65.   ⁴⁸) Clem. Alex. Paedag. II, 125 (p. 246 ed. Pott.)
⁴⁹) Plut. de Educ. puer. 9.   ⁵⁰) Plin. XXXV, 85.   ⁵¹) Ael. Var. hist. II, 2.
Plut. de Adul. et amico. 15 u. de Tranquill. anim. 12. Die unsaubere Geschichte,
dass Apelles einst in Korinth zu einem Zechgelage, welches Genossen von ihm
mit Hetären veranstaltet hatten, die Lais als junges Mädchen mitgebracht und,
als er desshalb verhöhnt wurde, sich anheischig gemacht habe, binnen drei Jahren
auch sie zur Hetäre zu machen (Athen. XIII, p. 588 C.) mag wenigstens hier in
der Anmerkung erwähnt sein.

IX.

¹) Plin. XXXV, 79: omnia prius genitos futurosque postea superavit
Apelles. Oder darf man das futurosque postea etwa blos auf die Zeit zwischen
Apelles und Plinius beziehen?   ²) Vgl. Cp. VIII, Anm. 37.   ³) Worte
Brunns (K. G. II, S. 217) aus seiner vortrefflichen Charakteristik der Werke des
Apelles.   ⁴) Vgl. Brunn, K. G. II, S. 27 f. u. 232 f.   ⁵) Plin. XXXV, 118:
antiquitatis prudentia mit Bezug auf Apelles und Protogenes.   ⁶) a. a.
O.: nulla gloria artificum est, nisi qui tabulas pinxere.   ⁷) Mart. XI, 10.
⁸) Quintil. XII, 10, 6: floruit autem circa Philippum et usque ad successores
Alexandri pictura praecipue.   ⁹) Quintil. XII, 10, 3.   ¹⁰) Arist. Poet. 2.
u. Polit. VIII, 5, 7.   ¹¹) Plin. XXXV, 58. 59.   ¹²) Plin. XXXV, 111. Vgl.
über diese Stelle N. Rhein. Mus. XXIII, S. 476 f.

Verzeichniss der Werke des Apelles.